DAS PERFEKTE LEBEN

CHARLOTTE BYRD

CHARLOTTE BYRD

dangerously addictive

COPYRIGHT

ÜBER DAS PERFEKTE LEBEN

Alle halten mich für einen Mörder und nach einer Weile ist es leichter, einfach nachzugeben.

Das habe ich im Gefängnis gelernt.

Aber was ist mit jetzt, wo ich frei bin?

Ich habe meine Vergangenheit hinter mir gelassen. Ich habe ein neues Leben, eine Zukunft.

Aber was ist mit meiner alten Identität?

Isabelle denkt, dass es sich lohnt, dafür zu kämpfen. Isabelle denkt, dass ich meine Verurteilung aufheben lassen kann. Aber ich weiß es besser.

Die Korruption reicht tief. Das ist der Grund, warum ich überhaupt erst verurteilt wurde.

Ich will meinen Namen reinwaschen, aber zu welchem Preis?

Was muss ich noch aufgeben, um an die Wahrheit zu kommen?

LOB FÜR CHARLOTTE BYRD

„Dekadent, vorzüglich, ein gefährliches Suchtobjekt!" - Bewertung ★★★★★

„So meisterhaft verwebt, kein Leser wird es weglegen können. EIN MUST-HAVE!" - Bobbi Koe, Bewertung ★★★★★

„Fesselnd!" - Crystal Jones, Bewertung ★★★★★

„Spannend, intensiv, sinnlich" - Rock, Bewertung ★★★★★

„Sexy, geheimnisvolle, pulsierende Chemie…" - Mrs. K, Bewertung ★★★★★

„Charlotte Byrd ist eine brillante Schriftstellerin. Ich habe schon viel von ihr gelesen, viel gelacht und geweint. Sie schreibt ein ausgeglichenes Buch mit brillanten Charakteren. Gut gemacht!" - Bewertung ★★★★★

„Rasant, düster, süchtig machend und fesselnd" - Bewertung ★★★★★

„Heiß, leidenschaftlich und mit großartigem Handlungsstrang." - Christine Reese ★★★★★

„Du meine Güte… Charlotte hat einen neuen Fan fürs Leben." - JJ, Bewertung ★★★★★

„Die Spannung und Chemie steht auf Alarmstufe rot." - Sharon, Bewertung ★★★★★

„Elli und Mr. Aiden Black starten eine heiße, sexy, und faszinierende Reise." - Robin Langelier ★★★★★

„Wow. Einfach nur wow. Charlotte Byrd macht mich sprachlos… Sie hat mich definitiv begeistert. Sobald man das Buch zu lesen beginnt, kann man es nicht mehr ablegen." - Bewertung ★★★★★

„Sexy, leidenschaftlich und fesselnd!" - Charmaine ★★★★★

„Intrigen, Lust, und phänomenale Charaktere… Was will man mehr?!" - Dragonfly Lady ★★★★★

„Ein tolles Buch. Eine extrem unterhaltsame, fesselnde und interessante Geschichte. Ich konnte es nicht mehr weglegen." - Kim F, Amazon Bewertung ★★★★★

„Die Handlung ist einfach großartig. Alles, was ich mir in einem Buch wünsche und noch mehr. So eine großartige Geschichte werde ich immer wieder lesen!!" - Wendy Ballard ★★★★★

„Die Handlung war voller Wendungen und Überraschungen. Ich konnte die Heldin und natürlich auch mit Mr. Black sofort ins Herz schließen. Vorzüglich. Es ist sexy, es ist leidenschaftlich, es ist heiß. Es ist einfach von allem was dabei." - Khardine Gray, Bestseller-Autorin von Romantik ★★★★★

MELDE DICH FÜR MEINEN NEWSLETTER AN!

Möchtest Du immer zu den Ersten gehören, die von Sonderangeboten, Neuveröffentlichungen und exklusiven Giveaways erfahren?

Melde Dich für meinen **Newsletter** an und werde Mitglied in meinem **Reader Club**!

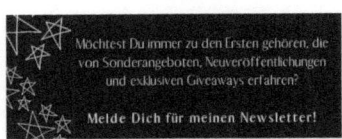

Krone von York
Thron von York

Gefangen in Eis Serie
Gefangen in Eis
Gefangen in Schmerz
Gefangen in Spitze
Gefangen in Hass
Gefangen in Liebe

Geheimnisse Serie
Geheimnisse und Lügen
Geheimnisse und Wahrheit
Geheimnisse und Hoffnung
Geheimnisse und Angst
Geheimnisse und Hass
Geheimnisse und Liebe

Gefährliche Verlobung Serie
Gefährliche Verlobung
Tödliche Hochzeit
Verhängnisvolle Ehe

Ich stehe nicht auf dich Serie
Ich stehe nicht auf dich
Ich stehe immer noch nicht auf dich

Der perfekte Fremde Serie

Der perfekte Fremde
Das perfekte Alibi
Die perfekte Lüge
Das perfekte Leben
Die perfekte Flucht

Die ganzen Lügen Serie

Die ganzen Lügen
Die ganzen Geheimnisse
Die ganzen Zweifel

Mr. Daltons Stylistin

ÜBER CHARLOTTE BYRD

Charlotte Byrd ist Bestseller-Autorin mehrerer moderner Liebesromane. Sie lebt in Südkalifornien, zusammen mit ihrem Mann, ihrem Sohn und einem verspielten Australian Shepherd. Sie liebt Bücher, warmes Wetter und kristallblaues Wasser.

Kontaktieren Sie sie über:

charlotte@charlotte-byrd.com

Finden Sie Ihre Bücher auf:

www.charlotte-byrd.com

Verbinden Sie sich mit ihr auf:

www.facebook.com/charlottebyrdbooks

Instagram: www. instagram.com/charlottebyrdbooks

Twitter: www.twitter.com/ByrdAuthor

Facebook-Gruppe: Charlotte Byrd's
Reader Club

Möchtest Du immer zu den Ersten gehören, die
von Sonderangeboten, Neuveröffentlichungen
und exklusiven Giveaways erfahren?

Melde Dich für meinen **Newsletter** an und
werde Mitglied in meinem **Reader Club**!

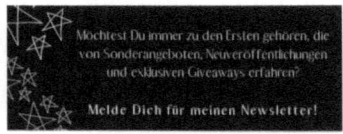

1

TYLER

Da der Yachthafen und das Hotel auf meinen Namen laufen, brauche ich nicht lange, um mich unter die Familie Elliott zu mischen. Der Patriarch ist zufrieden mit dem Geschäft, weil ich den geforderten Preis gezahlt habe.

Die anderen Mitglieder der Familie sind nicht gerade erfreut. Nachdem ich eine halbe Stunde mit ihnen im Raum verbracht habe, bezweifle ich stark, dass ihr Unmut etwas mit ihrem Vermächtnis zu tun hat. Es ist eher das Geld, hinter dem sie her sind.

Da Mr. Elliott den Yachthafen auf meinen Namen übertragen hat, geht das gesamte Geld aus dem Verkauf nicht an seine Nachkommen.

Und er ist noch nicht sehr alt und noch recht gesund und rüstig.

Draußen nieselt es, das übliche Wetter in diesem Teil der Welt. Der Pazifische Nordwesten ist neun Monate im Jahr von einer Wolkendecke bedeckt. Es wird hier selten sehr kalt, aber man braucht fast immer eine Jacke.

Ich gehe hinunter zum Yachthafen und überblicke mein Reich. Es gibt Boote jeder Größe, angefangen bei kleinen sieben Meter langen Booten bis hin zu über 30 Meter langen Booten. Die meisten sind motorisiert, aber es gibt auch mehrere Segelboote.

Der Yachthafen liegt an der wunderschönen Elliott Bay mit malerischem Blick auf die Skyline von Seattle und den zerklüfteten Puget Sound. Der Yachthafen ist nicht nach der Bucht benannt, sondern nach Mr. Elliott, der in den 1950er Jahren hierherzog, an beiden arbeitete und sparte, um sein eigenes Unternehmen zu gründen. Den Namen hat er schon vor langer Zeit erhalten, als Seattle noch nicht besiedelt war.

Ich schaue mich um und winke dem Wachmann zu. Ich laufe an ihm vorbei, am Restaurant sowie, an der Reparaturwerkstatt, der

Tankstelle, dem Lebensmittelgeschäft und dem Veranstaltungszentrum.

Wer hätte gedacht, dass ein entflohener Sträfling, nach dem die ganze Welt sucht, sich hier im verregneten Teil der Vereinigten Staaten niederlassen und ein so extravagantes Geschäft betreiben könnte?

Sobald mir der Gedanke in den Sinn schleicht, zieht sich meine Brust zusammen.

Ich habe schon lange nicht mehr an mein altes Leben gedacht. Die Vergangenheit hat mich lange Zeit verfolgt, und dann habe ich beschlossen, das alles aus meinem Kopf zu verbannen.

Es hat keinen Sinn, sich damit zu beschäftigen. Es hat keinen Sinn, über das Was-wäre-wenn und was man hätte anders machen können, zu grübeln.

Deshalb bin ich hierhergekommen. Als Isabelle und ich uns trennten, fing ich an zu fahren und fuhr weiter, bis ich ein Schild zur kanadischen Grenze sah. Dann dachte ich mir, dass ich entweder rechts abbiegen und zurück in den Osten fahren oder mich umsehen und versuchen sollte, mir hier ein Leben aufzubauen.

Ich bin noch nie in Seattle gewesen, aber ich

mochte das Gefühl, das ich damit verband. Es ist das komplette Gegenteil von Kalifornien mit seinem strahlend blauen Himmel und den sanften goldenen Hügeln. Die Bäume sind immergrün und verlieren nie ihre Blätter. Die Wolken hängen tief und hüllen einen fast wie ein nasser Kokon ein.

Mir war das Grau dieser Welt ganz recht. Ich hatte das Gefühl, dass der Funke, den ich in mir trug, erloschen war, als ich herausfand, dass Isabelle das, was eigentlich unser Geld hätte sein sollen, nahm und damit verschwand.

Isabelle und ich haben während unserer kurzen gemeinsamen Zeit viel geteilt und ich dachte, dass sie ein Teil meiner Zukunft sein würde. Als ich erkannte, dass sie mich hintergangen hatte, änderte sich alles. Ich wollte keine Fehler mehr machen. Ich hatte genug Menschen in meinem Leben, die sich gegen mich gewandt hatten, und es reichte.

Ich kam mit meiner Kleidung im Rucksack und einer Idee nach Seattle. Ich hatte schon einmal einen Multimillionen-Dollar-Hedge-Fonds aufgebaut, und das bedeutete, dass ich es wieder tun konnte. Ich begann schon in Kalifornien mit dem Handel, aber so richtig ernst wurde es erst, als ich hierherkam. Wann immer ich ein bisschen Gewinn machte, investierte ich alles wieder in das Geschäft. Schließlich begannen meine Gewinne in die Höhe zu schießen.

Mein Leben wurde komplett geordnet und durchgeplant. Ich stand um vier Uhr morgens auf und ging fünf Meilen laufen. Dann war ich bereit, wenn die Börse in New York um sechs Uhr morgens öffnete.

Ich handelte und recherchierte und handelte wieder.

Zehn Monate später hatte ich 12 Millionen Dollar. Es war nicht nur meine harte Arbeit, die mich dorthin brachte, es war auch ein bisschen Glück. Ich durchforstete die Foren und erfuhr von einer Firma namens Green Fern. Sie arbeiteten an einem innovativen medizinischen Gerät und standen kurz vor der Veröffentlichung dieser Ankündigung. Das waren alles Spekulationen und ich hatte keine Möglichkeit zu wissen, wie genau die Informationen waren, aber ich vertraute der Quelle und dachte, ich würde weitermachen und darauf reagieren. Ich setzte 2 Millionen Dollar ein, einen großen Teil von dem, was ich hatte, und dachte, wenn ich es verlieren würde, dann wäre ich der größte Idiot der Welt.

Die Wahrheit war, dass ich eine Menge zu verlieren hatte. Ich hatte eine Wohnung und hatte ein Auto. Das Geld war nicht mehr wirklich etwas, was ich zum Leben brauchte; es war alles nur ein Zahlenspiel. Es wäre wirklich furchtbar gewesen, wenn ich es verloren hätte, aber ich hätte es überlebt.

Nachdem ich Isabelle verloren hatte, wurde mir klar, dass ich fast alles überleben kann.

Nun, ich musste diese Entscheidung nicht überleben. Sie hat sich sehr ausgezahlt und ich habe meine Investition mehr als verdreifacht. Ich machte noch ein paar weitere Züge und bald hatte ich 19 Millionen Dollar gemacht, genug, um den Yachthafen zu kaufen.

Ich sah den Yachthafen auf der Rückseite eines Segelmagazins beworben. Segeln ist etwas, mit dem ich schon immer herumgespielt habe. Als ich klein war, hatte ich eines dieser kleinen Laser-Segelboote, mit denen man kleinen Kindern das Segeln beibringt.

Als ich älter wurde, abonnierte ich eine Segelzeitschrift und schaute mir YouTube-Videos über Leute an, die alles aufgegeben hatten und auf einem Segelboot lebten, um um die Welt zu reisen.

Es war immer ein Traum, eines der Dinge, die ich im Hinterkopf hatte, die ich tun wollte, aber aus irgendeinem Grund habe ich es nie getan.

Der Yachthafen rief nach mir. Ich erkundigte mich nach dem Preis und dem Finanzbericht. Der Verkäufer war zunächst zögerlich, da ich nicht wirklich jemand war, der in den sozialen Kreisen von Seattle bekannt war.

Als ich ihm meine Finanzaufstellung zeigte, wurde er sehr schnell viel freundlicher. Ich wusste nicht, ob es andere Leute gab, die sich um den Kauf dieses Unternehmens bewarben, aber angesichts der Betriebskosten und der Gewinn-/Verlustrechnung sowie der Steuererklärungen wusste ich, dass dies ein guter Preis für das Unternehmen war.

Ich traf mich mit Mr. Elliott in einem Restaurant. Wir tranken drei Flaschen Wein und schüttelten uns die Hände.

Während unseres langen Mittagessens bekam ich das Gefühl, dass er mit seinen erwachsenen Söhnen und dem, was sie aus ihrem Leben gemacht haben, nicht zufrieden war. Der Yachthafen war sein Baby. Er hatte sein ganzes Leben lang das Bootfahren geliebt und er ließ mich versprechen, dass wir in der Nähe der San Juan Islands segeln gehen würden.

Ich bewundere seine Hingabe zu seinem Geschäft. Im Geschäftsleben sollte es nicht nur um Geld gehen. Das ist natürlich ein Vorteil, aber es gibt so viel mehr im Leben als Geld zu verdienen. Ich kann das so sagen, weil ich eine Menge davon verdient habe.

Ich denke, deshalb hat es mich gereizt, den Yachthafen und das Hotel zu kaufen. Ich hatte genug vom Daytrading. Ich war gelangweilt von Aktien, Jahresberichten und Quartalsabschlüssen. Ich wollte irgendwo sein, wo ich meine Hände an ein Geschäft legen kann, wo ich wirklich eintauchen und mich engagieren kann.

Im letzten Jahr habe ich jede letzte Minute meines Lebens durchgetaktet und geplant, um zu versuchen, meine Rendite zu maximieren, und ich war sehr erfolgreich.

Jetzt möchte ich eine Pause einlegen. Es ist nicht so, dass ich nicht glaube, dass die Elliott Marina und das Hotel keine Arbeit sein werden. Ich weiß, dass sie es sein werden. Es ist nur eine andere Art von Arbeit und genau das, wonach ich in meinem Leben suche.

Ich gehe hinüber zur Segelbootabteilung und

steuere auf die Beneteau Oceanis am anderen Ende zu. Sie ist breit, glitzernd weiß und absolut prächtig.

Sie ist fünfzehn Meter lang und ich muss noch mit ihr aufs Wasser gehen. Mr. Elliott hat sie mir als Dankeschön dafür geschenkt, dass er seine Zeit nicht mit zu vielen Verhandlungen verschwenden musste.

Ich klettere an Bord und stehe am Ruder. Ich beobachte, wie sich die schaumgekrönten Wellen kräuseln und übereinander brechen.

Ich habe alles, was ich will. Ich bin aus dem Gefängnis ausgebrochen und habe ein neues Leben als Multimillionär begonnen, dem einer der ältesten Yachthäfen in Seattle gehört.

Ich bin glücklich bis zu einem gewissen Grad, aber meine Gedanken gehen immer wieder zu der Person zurück, die hier sein und dieses neue Leben mit mir teilen sollte.

„Isabelle Nesbit, wo bist du?", frage ich in den Wind.

Ich lehne mich über die Bordwand und lausche auf eine Antwort, aber es kommt nichts.

2

ISABELLE

Ein Jahr vorher ...

Ich ging weiter zur Arbeit, aber jetzt graust es mir noch mehr als vorher. Trisha gab mir eine zweiwöchige Kündigungsfrist, damit ich meine Termine einhalten konnte und etwas Zeit hatte, einen anderen Job zu finden.

Sie erwähnte nichts von einer Abfindung und ich hatte auch nichts dergleichen in meinem Vertrag. Ich war eine Angestellte auf unbestimmte Zeit, und das bedeutete, dass sie mich jederzeit feuern konnte.

Ich dachte wirklich, dass ich nach meiner Auszeit aus dem Schneider war, aber anscheinend war das nicht so.

An dem Tag, nachdem sie mich gefeuert hatte, kam ich ins Büro und musste mich körperlich dazu zwingen, aus dem Auto auszusteigen. Ich wollte mehr als alles andere einfach nach Hause und unter die Decke gehen, aber ich brauchte das Geld.

Ich habe meine Hypothek, meine Studiendarlehen und jetzt 10.000 Dollar mit einem wahnsinnig hohen Zinssatz auf meinen Kreditkarten, die ich benutzt habe, um die Schulden meiner Mutter zu tilgen. Ich kann kein Einkommen ablehnen, denn nächste Woche um diese Zeit werde ich kein Geld mehr haben.

Die Sache ist die, dass es nicht so viele Orte gibt, an denen ein Logopäde arbeiten kann. Ich arbeite in einer Art Nischenspezialisierung. Natürlich gibt es viele Kinder auf dem Autismus-Spektrum und solche, die mit anderen verschiedenen Sprachverzögerungen zu kämpfen haben, aber die Tatsache, dass so wenige Menschen es sich tatsächlich leisten können, für unsere Dienstleistung im Voraus zu bezahlen, und die Tatsache, dass nicht viele Krankenkassen diese Therapie übernehmen, machen es zu einer besonderen Herausforderung.

Ich gehe auf Zehenspitzen an ihrem Büro

vorbei und seufze erleichtert auf, als ich sehe, dass ihre Tür geschlossen ist. Ich habe eine halbe Stunde Zeit bis zu meinem ersten Klienten, und sobald ich wieder in meinem Büro bin, muss ich meinen Laptop aufklappen, um nach einer Arbeit zu suchen.

Gestern war ich zu deprimiert, um nach etwas zu suchen. Jetzt wird mir klar, dass ich meinen Laptop einfach hätte geschlossen lassen sollen.

Das Beste, was ich finden kann, ist eine Teilzeitstelle für einen Logopädie-Assistenten, für die man keinen Abschluss braucht und für die man nur neun Dollar pro Stunde bekommt. Es ist für eine Kindertagesstätte, die ein paar Schüler hat, die Probleme mit dem Sprechen haben. Ich suche weiter nach etwas in der Nähe, aber die nächste Vollzeitstelle, die ich finde, ist fast zwei Stunden entfernt.

Was sollen wir nur tun?, sage ich im Stillen zu mir selbst. Wie soll ich einen anderen Job finden?

Meine Sitzung mit Taylor läuft gut. Er ist ein unkompliziertes Kind, das schon bald sprechen wird. Als er das erste Mal zu uns kam, im Alter von zwei Jahren, dachte ich, dass er vielleicht auf dem Autismus-Spektrum sein könnte, aber nachdem ich ein paar Monate mit ihm gearbeitet

habe, bin ich mir sicher, dass das kein Grund zur
Sorge ist.

Sein Hauptproblem scheint in der oral-
motorischen Verzögerung zu liegen, bei der die
Muskeln in seinem Mund und seinen Lippen
schwach sind und stärker werden müssen. Seine
Mutter ist sehr engagiert und wir haben eine
Reihe von Übungen gemacht, wie z.B.
Seifenblasen pusten und Eis am Stiel lecken, alles,
um seine Zunge, Lippen und seinen Mund zu
beschäftigen.

Nach unserer Sitzung habe ich eine Stunde
frei und wende mich wieder meiner Suche zu. Ich
probiere verschiedene Schlüsselwörter und
verschiedene Titel aus, aber leider komme ich
nicht weiter. Die meisten Stellen sind zu weit weg
oder sind nicht wirklich Vollzeit.

Ich gehe zurück und notiere mir die
Informationen über die eine, die neun Dollar pro
Stunde zahlt. Das ist unglaublich wenig und wird
mich nicht weit bringen, um meine monatlichen
Ausgaben zu decken, aber es ist immerhin etwas.

Der Rest des Tages vergeht ziemlich schnell,
weil ich vier Termine hintereinander habe. Die
Arbeit mit meinen Kunden macht mir Spaß und
ich werde sie vermissen. Ich bin versucht, den

Müttern zu sagen, dass ich gehe, aber es wäre falsch, die Klienten von Trishas Praxis weglocken zu wollen. Sie war diejenige, die sie überhaupt erst gefunden hat.

Die restlichen Tage der Woche verlaufen ziemlich ähnlich. Ich meide Trisha so gut es geht und sehe sie nur sporadisch im Pausenraum.

Wir reden nicht viel, aber alles bleibt einigermaßen herzlich und ich hoffe, dass es so weitergeht, bis diese zwei Wochen endlich vorbei sind.

„Isabelle, komm bitte in mein Büro", sagt Trisha und steckt am Freitagnachmittag ihren Kopf ins Büro.

Ich habe erst in anderthalb Stunden einen weiteren Klienten und habe keine gute Ausrede, um aus dieser Situation herauszukommen. Da ich keine andere Wahl habe, atme ich tief durch und folge ihr in ihr Büro.

„Ich wollte dich fragen, wie es mit dem Typen läuft, den du online kennengelernt hast", sagt sie.

Ihr Gesicht ist leer und unmöglich zu lesen. Sie könnte einfach nur neugierig sein oder sie könnte einen Verdacht hegen.

Ich kann es unmöglich wissen.

„Ich bin nicht mehr mit ihm zusammen", sage ich. „Wir haben uns getrennt."

„Wirklich?"

Ich nicke und lasse den Kopf hängen.

„Tja, tut mir leid, das zu hören", sagt Trisha und tippt mit ihrem Stift auf den Tisch.

Ich habe das Gefühl, dass es noch etwas gibt, über das sie reden möchte, von dem sie nicht weiß, wie sie es ansprechen soll.

Was, wenn es etwas mit meinem Job zu tun hat?

Was ist, wenn sie tatsächlich will, dass ich bleibe?

„Trisha, ich habe mich gefragt, ob du diese ganze Situation vielleicht noch einmal überdenken würdest. Ich arbeite wirklich gerne hier und ich werde wirklich hart daran arbeiten, meine eigenen Kunden zu finden und die Praxis zu vermarkten. Ich habe das Gefühl, wir sind hier alle zu einer Familie geworden, meinst du nicht?"

Das ist meine nicht ganz so schlaue Art, um meinen Job zurückzubitten.

„Du denkst also, dass wir eine Familie sind?", fragt Trisha.

Ich nicke.

„Du denkst, dass Familienmitglieder ehrlich zueinander sein sollten, richtig?"

„Natürlich", sage ich, meine Stimme wird leiser.

Ich weiß nicht, worauf sie damit hinauswill, aber es fühlt sich langsam wie eine Falle an.

Trisha spielt mit ihrem Stift und legt ihn dann auf dem Tisch ab. Er macht ein lautes klirrendes Geräusch, das mich überrascht.

„Warum sagst du mir nicht die Wahrheit darüber, wo du auf deiner Reise warst?", fragt Trisha.

„Wovon redest du?"

Mir gefriert das Blut in den Adern. Ich kann weder meine Fingerspitzen noch meine Zehen spüren. Ich stehe vor ihr, halte den Atem an und hoffe, dass dieser Moment vorübergeht und verschwindet, wenn ich nur still genug stehe.

Leider tut er das nicht.

Während ich mich nicht bewege, beschleunigt sich mein Geist auf Lichtgeschwindigkeit.

Was weiß sie? Weiß sie über Tyler Bescheid?

Nein, natürlich nicht, wie sollte sie auch? Meine Gedanken schweifen ab, aber sie drehen sich immer wieder im gleichen Kreis. Ich habe

Angst vor der Tatsache, dass sie die Wahrheit darüber weiß, wo ich war und mit wem.

„Du hast gesagt, dass du diesen Typen auf Facebook kennengelernt hast, richtig?", fragt Trisha und lehnt sich in ihrem Stuhl zurück.

Ich bewege meine Lippen, um „Ja" zu sagen, aber ich bin mir nicht sicher, ob etwas herauskommt.

„Nein, das ist nicht wahr", sagt Trisha und schüttelt den Kopf.

Ich schlucke schwer und starre sie an wie ein Reh im Scheinwerferlicht.

„Mein Computer hat heute früh aufgehört zu funktionieren, und deiner war der einzige, der verfügbar war."

„Du hast meinen Laptop benutzt?", frage ich entrüstet.

„Den aus dem Büro", stellt Trisha klar. „Den, den ich dir gekauft habe."

„Okay …", sage ich leise und schürze meine Lippen.

„Ich musste ein paar Sachen ausdrucken und habe dann beschlossen, auf Facebook zu gehen, und du warst eingeloggt. Als ich deinen Messenger öffnete, sah ich, dass du dich nicht mit einem mysteriösen Mann unterhalten hast. Überhaupt nicht."

„Du bist meine Sachen durchgegangen? Du hast meine Nachrichten gelesen?", frage ich.

Ich bin wütend und aufgewühlt, genau wie damals, als ich meine Mutter beim Lesen meines Tagebuchs erwischt habe, als ich zwölf Jahre alt war. „Das ist mein privater Account! Du hattest kein Recht, meine Nachrichten zu lesen."

„Vielleicht nicht, aber ich habe es getan, und weißt du, was ich herausgefunden habe?"

Ich schüttle den Kopf, während ich mit dem Fuß auf den Boden klopfe und versuche, die ganze Wut, die in mir brodelt, unter Kontrolle zu bringen.

„Ich habe herausgefunden, dass du über diesen Typen gelogen hast."

Ich schüttele den Kopf.

„Du hast mir erzählt, dass ihr euch auf Facebook kennengelernt habt."

„Das haben wir auch", beharre ich.

„Ich wollte mich nicht in deinen Account einloggen, aber als ich draufgeklickt habe, sind die Nachrichten einfach aufgetaucht, und es waren keine von ihm dabei. Die Sache ist die, Isabelle, dass es mir egal ist, dass du deswegen gelogen hast. Du hast ein Recht auf ein Privatleben und darauf, dich zu verabreden, mit wem du willst. Das Einzige, worüber ich mich aufrege, ist die Tatsache, dass du mich darüber angelogen hast, was du in der Woche gemacht hast. Du hast dir die ganze Zeit freigenommen und dann hast du mich darüber angelogen, warum."

„Ich habe es satt", sage ich und sehe ihr direkt in die Augen. „Ich bin dir keine Erklärung schuldig. Ich habe mir eine Auszeit genommen, weil ich sie brauchte, und das war's. Ich hatte die Tage aufgespart. Du hattest kein Recht, in meine Privatsphäre einzudringen. Du hattest kein Recht, meinen Computer zu durchforsten, um herauszufinden, mit wem ich zusammen war oder nicht, wo ich war oder nicht war."

Die Worte treffen sie wie ein Schlag und zwangen sie, sich auf ihrem Stuhl zurückzulehnen.

„Ich muss heute Nachmittag noch einen Kunden sehen, und dann sind wir fertig."

3

ISABELLE

Ich habe noch nie zuvor einen Job gekündigt.

Als ich das Büro von Trisha verlasse, fühle ich zuerst eine große Erleichterung von meinen Schultern abfallen.

Als ich nach Hause komme, wird mir klar, dass ich lediglich auf eine Woche Einkommen verzichtet habe, was ich mir nicht leisten kann.

Ich erzähle Mom, was passiert ist, ziehe meine Jogginghose an und beschließe, mir zumindest bis zum Wochenende etwas Zeit zum Trübsalblasen zu gönnen. Mom macht uns Abendessen und versucht, mich dazu zu bringen, die positive Seite der Dinge zu sehen.

„Du hast einen wirklich guten Abschluss", sagt sie. „Du wirst in kürzester Zeit einen Job finden."

Ich zucke mit den Schultern.

„Du weißt, dass ich recht habe. Es ist ja nicht so, dass du wie ich bist und nur mit deinem Highschool-Abschluss herumläufst."

„Ich denke schon", sage ich bestimmt. „Die Sache ist, dass ich auch Kosten habe, die mit diesem Abschluss verbunden sind. All die Studentenkredite und diese Hypothek. Wenigstens hast du, als du die Miete nicht zahlen konntest, einfach einen Räumungsbefehl bekommen und wir sind woanders hingezogen. Wir haben nicht deine ganze Anzahlung und all die anderen Zahlungen, die du in den letzten Jahren geleistet hast, verloren."

„Du wirst das Haus nicht verlieren. Wir werden versuchen, eine Lösung zu finden. Ich werde auch versuchen, einen Job zu finden und meinen Beitrag zu leisten. Du hast immer noch das Auto, das du verkaufen kannst."

Ich denke, das Auto zu behalten, das ich mit Tyler auf dem Lagerparkplatz gekauft habe, das nicht viel kostet, weil wir einen guten monatlichen Deal bekommen haben, ist sicher, aber es kostet immer noch etwas.

Warte, welches Datum haben wir nochmal?

„Ich habe noch eine Woche, bis ich eine weitere Zahlung leisten muss", sage ich und schaue auf den Kalender auf meinem Handy.

„Du wirst sie wahrscheinlich anrufen und ihnen sagen müssen, dass du deinen Leasingvertrag nicht um einen weiteren Monat verlängern wirst."

„Ich schätze schon, aber was ist, wenn ich es nicht in einer Woche verkaufen kann?"

Ich habe noch nie ein Auto verkauft und das ist das Letzte, worüber ich jetzt nachdenken möchte.

Was soll ich überhaupt tun? Wo soll ich überhaupt anfangen?

Ich schätze bei Craigslist.

eBay?

Kann man bei eBay überhaupt Gebrauchtwagen verkaufen?

Ich lenke mich ab, indem ich fernsehe und auf meinem Handy spiele. Ich habe vor, das Gleiche am nächsten Tag zu tun.

Das Problem ist, dass ich das nicht kann. Ich muss das Gefühl haben, einigermaßen produktiv zu sein, und das bedeutet, dass ich etwas recherchieren muss, um das blöde Auto zu verkaufen. Ich gehe zu Craigslist und finde die Gebrauchtwagenrubrik.

Es gibt tatsächlich eine Reihe von Inseraten und ich lese mir ein paar durch, um zu sehen, was ich einstellen muss. Nachdem ich einen Account eingerichtet habe, gehe ich nach draußen, um ein paar Fotos zu machen und eine kurze Anzeige zu verfassen.

Den Rest des Tages verbringe ich damit, nach Arbeit zu suchen und auf E-Mails von möglichen Käufern zu warten.

Es dauert fast zwei Wochen, bis ich es endlich verkaufen kann.

Ich habe Glück und jemand zahlt 3.000 Dollar dafür. Das ist viel mehr, als ich dafür bezahlt habe, und ich habe tatsächlich einen Gewinn gemacht. Das ist genug, um mich noch einen weiteren Monat durchzubringen.

In den nächsten Monaten suche ich weiter nach Arbeit, ohne viel Glück. Ich habe sogar Bewerbungen an Stellen verschickt, für die ich kaum qualifiziert bin, und meinen Lebenslauf aufgehübscht, aber ich höre immer noch nichts.

Mom beginnt, zu den Treffen der Anonymen Alkoholiker zu gehen und bekommt einen Job in der Cheesecake Factory. Sie war schon immer eine gute Kellnerin und genießt diese Art von Arbeit.

Sie mag die Energie und den Schwung der Arbeit in einem Restaurant, etwas, das ich nie getan habe. Mit ihrem Gehalt hilft sie mir, einen Teil der Rechnungen zu bezahlen, aber wir kommen kaum über die Runden. Ich beschließe, mir bis zum Ende des Monats Zeit zu geben und mich dann für Arbeiten zu bewerben, die nicht unbedingt einen Abschluss erfordern.

In der Zwischenzeit fange ich an, Libbys Tochter regelmäßig zu treffen. Manchmal bringt sie sie zu mir nach Hause, aber meistens fahre ich zu ihr rüber.

Die Fahrt dorthin macht mir nichts aus, und ich freue mich über die frischen Kekse, die Libby nur für mich backt. Außerdem habe ich so die Möglichkeit, den Tag zu unterbrechen und etwas Produktives zu tun. Es lenkt mich auch von meinem Laptop und meiner ständigen Suche nach Informationen über Tyler ab.

Ich bin so ausgehungert nach Hinweisen, wo er sein könnte, dass ich sogar Google-Alerts für seinen Namen und den von Mac eingerichtet habe. Ich kenne Maggies Nachnamen nicht, aber ich würde wahrscheinlich auch einen für sie einrichten, wenn ich ihn wüsste.

Die Polizei hat nur sehr wenige Informationen. Ich bezweifle, dass sie es aufgegeben haben, sie zu finden, aber es ist keine Rede mehr von einer laufenden öffentlichen Suche. Was auch immer sie tun, sie tun es im Verborgenen und halten es streng geheim.

Nach meinem einstündigen Termin mit Kylie kommt Libby aus dem hinteren Schlafzimmer zurück und sagt Kylie, dass sie mit ihren Spielsachen spielen gehen kann.

Ich fange an, meine Sachen zusammenzusuchen, als Libby sagt: „Willst du noch auf einen Tee bleiben?"

Es ist vier Uhr nachmittags und die perfekte Zeit für etwas Warmes zu trinken, also kann ich nicht nein sagen. Es ist ja nicht so, als könnte ich sonst noch irgendwo hingehen. Außerdem genieße ich es wirklich, Zeit mit ihr zu verbringen.

„Und, wie läuft's so? Wie läuft es mit der Jobsuche?", fragt Libby.

Ich zucke mit den Schultern und nehme einen langen Schluck von meinem Tee.

„So gut?"

Ich lache, und sie lacht mit.

„Mom hat ziemlich schnell einen Job gefunden. Vielleicht sollte ich es einfach aufgeben, etwas Gutes zu finden, und mir einfach etwas suchen."

„Du könntest etwas finden und dann weiter nach etwas Gutem suchen?"

„Ja, ich denke schon", sage ich. „Ich bin da nicht so optimistisch. Ich weiß nicht wirklich, wie ich etwas anderes machen soll. Ich meine, ich habe Leute kellnern sehen, aber ich weiß nicht, ob ich das kann. Die sind acht Stunden am Tag auf den Beinen. Und freundlich und nett zu den Kunden sein? Ich weiß nicht."

„Okay, deine Mom macht nicht mal das", sagt Libby.

„Mom macht viele Dinge nicht, aber sie kommt irgendwie damit durch. Sie hat diese Art von Charisma, die ich nicht habe."

„Das stimmt", sagt Libby.

„Kann ich dich etwas fragen?", frage ich und nehme einen Bissen von dem saftigen und fluffigen Keks.

„Alles."

„Was ist zwischen dir und ihr passiert? Ihr

standet euch eine Zeit lang sehr nahe, und dann, als ich dreizehn war, ist etwas passiert, und ihr habt aufgehört, zusammen rumzuhängen."

„Hat dir das deine Mutter nie erzählt?"

Ich schüttle den Kopf.

„Ich würde es lieber nicht erzählen."

„Nein, bitte. Ich weiß, wie meine Mutter sein kann. Du kannst es mir sagen."

Libby holt tief Luft und sieht von mir weg.

„Bist du sicher, dass du das hören willst?"

„Ja."

„Ich kam eines Tages früher von der Arbeit nach Hause, als ich Migräne hatte", sagt sie langsam. „Und ich fand meinen Freund im Bett mit deiner Mutter."

Mir fällt der Mund auf.

„Sie hatten … Sex?", frage ich und senke meine Stimme am Ende auf ein leises Flüstern.

„Ja, aber anscheinend war das nicht das erste Mal, dass etwas passiert ist. Sie hat mich wirklich verletzt. Wir waren beste Freundinnen, und ich hätte nicht gedacht, dass sie mir so etwas antun würde."

„Das tut mir wirklich leid", sage ich und schüttle den Kopf.

„Schon okay. Ich meine, es ist nicht okay, aber ich habe mich damit abgefunden. Ich wusste es damals nicht, aber er hat mich mit einer Reihe von Frauen betrogen, also bin ich froh, von ihm weg zu sein. Deine Mutter hat damals eine Menge Drogen genommen. Sie war wirklich außer Kontrolle."

Ich nicke, weiß nicht, wie ich antworten soll, bringe aber hervor: „Es tut mir leid, dass sie so eine schlechte Freundin war."

„Ich weiß, dass ihr Drogenmissbrauch keine Entschuldigung ist, aber es ist eine Erklärung. Sie war ein völlig anderer Mensch, als sie Drogen nahm und trank, und ich bin froh, dass es ihr jetzt besser geht."

„Glaubst du, dass es dieses Mal klappt?", frage ich. „Ich habe das Gefühl, dass sie schon ihr ganzes Leben lang auf dieser Achterbahn der Sucht fährt. Sie wird clean, sie geht zu den Treffen, es geht ihr besser, und dann wird sie wieder rückfällig."

„Alles, was wir tun können, ist abwarten und sie unterstützen", sagt sie, greift nach meiner Hand und drückt sie. „Was ist mit dir? Was ist in deinem Privatleben passiert?"

Ich beiße mir auf die Unterlippe.

Ich weiß nicht, wo ich anfangen soll oder wie ich überhaupt erklären soll, was los war, aber ein Teil von mir möchte jemandem die Wahrheit sagen. Wenn es jemand erfahren sollte, dann gibt es keine bessere Person als Libby.

„Ich war eine Zeit lang mit jemandem zusammen. Wir lernten uns unter etwas ungewöhnlichen Umständen kennen."

„Was meinst du?"

Ich beiße mir wieder auf die Unterlippe.

Ich schaue ihr in die Augen. Ich sollte das für mich behalten, aber es ist ja nicht so, dass ich wüsste, wo er ist, oder den Namen, den er benutzt.

Nein, er ist es. Er muss es sein, sage ich mir.

Ich weiß das natürlich nicht mit Sicherheit. Das Einzige, was ich weiß, ist, dass er nicht von der Polizei verhaftet oder getötet worden ist. Darauf gibt es nirgendwo einen Hinweis. Wenn es jemand wüsste, würde ich es wissen. Ich habe es überprüft.

„Wenn ich dir das erzähle, versprichst du mir, dass du es niemandem erzählst?", frage ich.

Sie nickt.

„Ich meine, du darfst es keiner Seele erzählen.

Wenn das jemand herausfindet, einschließlich meiner Mutter, deines Mannes oder deiner Kinder, schicken sie mich wahrscheinlich ins Gefängnis."

Libby lehnt sich zurück gegen die Couch und denkt einen Moment darüber nach.

„Okay, ich verspreche es. Ich werde kein Wort sagen. Niemals."

Ich nicke.

Ich möchte es ihr erzählen, weil sich die ganze Sache nicht real anfühlt, wenn niemand davon weiß, aber gleichzeitig erkenne ich das Risiko, das ich damit eingehe.

„Ich hatte einen Freund, als ich aufgewachsen bin. Wir standen uns sehr nahe. Ich war sogar richtig verliebt in ihn und er hatte keine Ahnung davon. Dann ist er weggezogen und wir hatten seitdem keinen Kontakt mehr. Bis vor ein paar Monaten."

„Okay", sagt Libby und lehnt sich näher zu mir.

„Er ist ganz plötzlich wieder in mein Leben getreten. Er tauchte einfach bei mir zu Hause auf."

„Ist etwas passiert? Hat er dir etwas angetan?"

Das läuft nicht gut, sage ich zu mir selbst.

Ich rede im Kreis und bin zu vage. Es wäre besser gewesen, wenn ich ihn einfach meinen Online-Freund genannt hätte. Das will ich aber nicht tun. Ich möchte, dass jemand die Wahrheit darüber erfährt, was ich durchgemacht habe.

„Okay", sage ich und atme tief aus. „Ich werde dir jetzt etwas sagen, und ich werde es nie wieder zurücknehmen können."

Sie nickt und gibt mir Zeit.

„Sein Name ist Tyler McDermott und er war einer der Sträflinge, die nicht weit von hier aus dem Gefängnis ausgebrochen sind."

„Was?!" Ihre Augen werden zu zwei großen Untertassen.

„Du hast davon gehört?"

„Natürlich. Es war im Grunde das Einzige, was eine Zeit lang überhaupt in den Nachrichten lief. Alle haben nach ihnen gesucht. Sie haben sie nie gefunden, oder?"

Ich schüttele den Kopf.

„Du kannst keinen Kriminellen verstecken, Isabelle. Das weißt du doch, oder?", sagt Libby im Halbflüsterton.

„Ich verstecke niemanden. Ich habe keine Ahnung, wo sie sind. Tyler war mein Jugendfreund, und er war derjenige, der auf meiner Türschwelle auftauchte, nachdem er geflohen war."

Sie schüttelt den Kopf und sagt: „Er hat seine Frau und ihren Freund umgebracht. Ich habe die ganze Geschichte darüber bei *Dateline* gesehen."

„Das ist nicht wahr", sage ich und schüttle den Kopf. „Er hat diese Morde nicht begangen. Die Staatsanwaltschaft hat ihn verleumdet."

Sie schüttelt den Kopf, will mir nicht glauben.

„Ich habe Beweise. Ich habe mit der Frau gesprochen, die sein Alibi war. Sie war in der Nacht, in der es passiert ist, bei ihm, aber sie konnte nicht aussagen. Er hat ihre Identität geschützt und dann den Cops davon erzählt, aber es war zu spät."

„Okay, jetzt bin ich langsam verwirrt", sagte Libby, schüttelt den Kopf und wirft die Hände hoch. „Ich muss alles von Anfang an hören. Was ist passiert?"

Da ich nicht weiß, wo ich anfangen soll, beginne ich damit, wie er bei mir zu Hause auftauchte. Ich beschönige keines der unangenehmen Details, dass er mich gefesselt hat und ich zuerst nicht wusste, wer er war.

Dann erzähle ich ihr von dem Autokauf und

dem Roadtrip. Ich erzähle ihr alles. Jedes kleinste Detail, so wie ich mich daran erinnere.

Ich verschweige nichts, weil es keinen Sinn hat.

Libby hört aufmerksam zu, saugt jedes einzelne Wort auf. Nachdem ich aufgehört habe zu reden, sehe ich sie an.

„Das ist die ganze Geschichte", sage ich. „Du darfst sie mit niemandem teilen."

„Ich weiß, das werde ich nicht. Du kannst mir vertrauen." Sie nickt, bewegt aber ihren ganzen Körper, während sie schwankt und über alles nachdenkt, was ich gerade gesagt habe.

„Was passiert jetzt?"

„Ich habe keine Ahnung."

„Du musst ihn finden."

„Das ist unmöglich."

„Er muss die Wahrheit erfahren, dass du ihn nicht verraten hast und sein Geld nicht gestohlen hast."

Ein Kloß bildet sich hinten in meiner Kehle. Ich presse meinen Kiefer zusammen und bewege ihn von einer Seite zur anderen. Ich atme noch einmal durch, und eine Welle von Emotionen scheint zu vergehen, ohne dass ich eine Träne vergieße.

„Das ist unmöglich", sage ich. „Ich habe keine Ahnung, wo er ist oder wie er heißt. Die Polizei hat ihn nicht gefunden, und das bedeutet, dass er entkommen ist. Er hat irgendwo ein neues Leben begonnen und tut wer weiß was. Er ist klug und fähig. Ich hoffe, dass er glücklich ist."

Als ich das Wort *glücklich* ausspreche, durchströmt mich eine weitere Welle von Emotionen, und dieses Mal kann ich mich nicht zurückhalten. Ich zucke zusammen und meine Schultern beginnen zu zittern, während Tränen über meine Wangen fließen.

Libby legt ihren Arm über meinen Rücken und hält mich für eine Weile fest.

Sie sagt mir, dass alles gut werden wird, und ich zwinge mich, ihr zu glauben.

„Ich vermisse ihn wirklich", sage ich und wische meine Tränen mit dem Handrücken fort. „Ich vermisse ihn so sehr und ich hasse es, dass er denkt, dass ich ihm diese schreckliche Sache angetan habe. Ich habe etwas Schreckliches getan, aber ich bin zurückgekommen und habe ihn nicht im Stich gelassen. Jetzt glaube ich einfach nicht, dass er das jemals erfahren wird."

„Es wird alles wieder gut", sagt Libby immer wieder, während ich weiter in meine Knie weine.

Sie reibt mir sanft den Rücken und den Kopf, und nach einer Weile fühle ich mich besser.

„Geht es ihr gut?", fragt Carolyn.

Ich hatte völlig vergessen, dass die Kinder zu Hause waren. Ich hebe den Kopf und beginne, mir die Tränen wegzuwischen.

„Es tut mir wirklich leid. Ich wollte keine Szene machen. Mir geht es gut", sage ich zu Carolyn, die mich nur mit ihren traurigen Welpenaugen anschaut, und selbst sie glaubt mir nicht.

„Isabelle war nur ein bisschen traurig", sagt Libby zu ihrer Tochter. „Es wird alles gut."

Ich atme ein paar Mal tief durch und beruhige mich.

„Das tut mir wirklich leid", sage ich mit neu gewonnener Zuversicht. „Ich weiß nicht, was über mich gekommen ist."

„Ist schon gut, Schatz. Du kannst jederzeit mit mir reden."

„Ich hätte dir das nicht sagen sollen, und ich hoffe wirklich, dass du alles vertraulich behandeln kannst."

„Natürlich, das werde ich. Hast du versucht, nach ihm zu suchen?"

„Ich suche ständig nach ihm", gebe ich zu und

nehme einen weiteren Bissen von dem Keks. Er ist locker, fluffig, süß, und alles, was ich in diesem Moment brauche.

„Ich versuche immer wieder, ihn zu finden. Ich denke immer, dass er einfach irgendwo im Internet auftauchen wird, aber das tut er natürlich nicht. Das ist auch gut so. Es gibt keinen Artikel über ihn oder Bilder. Die Behörden hätten ihn sonst schon gefunden. Ich wüsste nicht, wie man ihn sonst finden könnte."

„Was ist mit seinem Partner … Mac?"

„Was ist mit ihm?"

„Auch nichts über ihn?"

„Nein." Ich schüttele den Kopf. „Er hat das Geld genommen und ist verschwunden, zusammen mit Maggie und Tessa. Ich weiß nicht, was mit den beiden passiert ist."

„Du glaubst nicht, dass sie etwas über Tyler wissen?"

„Das bezweifle ich. Sie haben ihn ausgeraubt und angeschossen. Wenn er sie wiedersehen würde, wären sie wahrscheinlich nicht sehr erfreut."

Wir sitzen eine Weile zusammen, ohne ein Wort zu sagen, und beobachten nur, wie die Mädchen mit ihrer Spielküche spielen.

Carolyn holt ein paar Wassermelonenstücke und Erdnussbutter-Sandwiches, natürlich alles aus Plastik, aber sehr lecker.

Als ihr Mann aufwacht, sage ich kurz Hallo und verabschiede mich schließlich von allen.

4

TYLER

Ich mache einen Rundgang auf meinem neuen Segelboot, einer fünfzehn Meter langen Beneteau Oceanis. Der Wind nimmt zusammen mit dem Regen zu und ich gehe unter Deck in die Kajüte. Die großen Bullaugen im Rumpf sind hell und betonen das elegante Interieur aus gebürsteter Eiche.

Es gibt drei Kajüten und zwei Bäder. Das Hauptschlafzimmer hat ein Bett, um das man einmal ganz herumlaufen kann, was auf Booten nicht üblich ist. Außerdem gibt es einen Schreibtisch und eine kleine Couch.

Das Segelboot ist luxuriös, angefangen bei den Armaturen bis hin zu den Segeln. Es ist das diesjährige Modell und etwa eine Million Dollar wert.

Ein lautes Klopfen an der Seite des Bootes schreckt mich auf. Ich schaue aus dem Fenster und sehe, dass drei Männer draußen stehen. Ich erkenne alle drei.

Die Tatsache, dass sie hier sind, bedeutet nichts Gutes.

„Wie läuft's denn so, Jungs?", frage ich und klettere hinaus aufs Deck.

„Genießen Sie die Aussicht?", fragt Webster Elliott, der älteste Sohn.

„Natürlich. Es ist wunderschön hier draußen." Ich kann sie nicht ganz verstehen.

Sie sehen aus, als würden sie mich alle finster ansehen, aber in Websters Verhalten liegt eine Lässigkeit, die mir auch Unbehagen bereitet. Ich weiß, dass sie alle sehr unglücklich über den Verkauf des Yachthafens sind, und sie waren nicht schüchtern, diese Gefühle mit ihrem Vater zu teilen.

„Das Boot gehört uns", sagt Neil, der jüngste Bruder. Seine Wangen werden sofort rot und der Bürstenhaarschnitt steht seinem großen Kopf nicht gut.

„Euer Vater fand, dass ich es haben sollte."

„Unser Vater ist ein Idiot."

„Neil, sprich nicht so über den alten Mann", schimpft Alfred ihn aus. „Er ist kein Idiot. Er verliert die Kontrolle über seinen Verstand."

„Ist es das, was dein Anwalt versuchen wird, zu argumentieren?", frage ich. „Dein Vater verliert seinen Verstand und du sollst sein Nachlassverwalter werden?"

Ich hatte gehört, wie sie im Flur in gedämpftem Ton darüber gesprochen hatten, nachdem ich den Vertrag unterschrieben hatte, aber mir war nicht klar gewesen, dass sie es ernst meinten.

Wenn ich einen Hinweis darauf gehabt hätte, dass Mr. Elliott nicht bei klarem Verstand und in guter Verfassung war, hätte ich nie versucht, ihm den Yachthafen abzukaufen.

„Das geht dich nichts an", schnauzt Webster mich an. „Mache es dir nur nicht zu bequem. Wenn wir unseren Yachthafen zurückbekommen und dieses Boot auch nur ein bisschen beschädigt ist, wirst du das teuer bezahlen müssen."

Ich sehe seine Wut und nutze sie zu meinem Vorteil.

„Ich glaube, ich habe bereits einen Haufen Geld für deinen Yachthafen und dein Hotel bezahlt, als ich dem überhöhten Preis deines Vaters oder vielleicht dir zugestimmt habe. Ich weiß, was dieses Unternehmen wert ist, und es ist nicht einmal annähernd die neunzehn Millionen wert, die ich bezahlt habe. Ich weiß das, ihr wisst das, und euer Vater weiß das. Deshalb hat er das Boot dazugegeben, als Dankeschön."

Neil stürzt sich auf mich. Es gibt keine Stufen draußen, mit denen man auf das Boot gelangen könnte, also wirft er sich über den Steg und hält sich fest. Ich mache mich auf einen Faustkampf gefasst, aber seine Brüder ziehen ihn weg.

„Nicht jetzt", sagt Webster. „Es wird eine Zeit und einen Ort für all das geben, aber nicht jetzt und nicht hier."

Er begegnet meinen Augen und starrt mich an. Ich presse meinen Kiefer zusammen und sehe zu, wie sie weggehen.

SPÄTER AM ABEND sitze ich auf dem Deck meines Segelbootes und beobachte den Sonnenuntergang. Der Regen lässt nur kurz nach, damit die Sonne durch die Wolken schauen kann.

Der Himmel ist in Rosa und Gelb gefärbt, mit ein paar karminroten und mangofarbenen Flecken.

Ich schaue über meinen Yachthafen und frage mich, wie ich das alles schaffen soll. Es ist nicht die Arbeit, die mir Angst macht. Darauf freue ich mich schon.

Nach all der Zeit im Gefängnis und einem weiteren Jahr des klösterlichen Daseins, in dem ich nichts anderes getan habe, als am Computer zu sitzen und Aktien zu kaufen und zu verkaufen, wird es schön sein, tatsächlich Arbeit mit meinen Händen zu verrichten. Es wird schön sein, mit Menschen zu arbeiten.

Als ich Mr. Elliott zum ersten Mal traf, erzählte er mir, dass er den Yachthafen gegen den Willen seiner Familie verkaufen würde. Ich war da sehr vorsichtig.

Es ist keine gute Idee, sich zwischen Familienmitglieder zu stellen. Dann erzählte er mir, was seine Söhne damit anstellen wollten. Sie hatten Pläne, alles als Ersatzteile zu verkaufen.

Als Mr. Elliott nach Seattle kam, war es nur eine kleine Stadt, die sich um den Hafen drehte. Im Laufe der Jahre, vor allem nach der Ansiedlung all der Technologieunternehmen, explodierten die Grundstückspreise. Das ist einer der Gründe, warum es mich so viel gekostet hat.

Es gibt zwei Restaurants und die Söhne wollen jedes davon einzeln verkaufen. Das Hotel wollen sie an einen Investor aus Saudi-Arabien verkaufen und den Yachthafen an einen anderen Investor aus Russland.

Mr. Elliott will nicht, dass das passiert. Deshalb hat er den Vertrag so geschrieben, wie er ihn geschrieben hat, und deshalb habe ich ihm zugestimmt. Ich will das alles auch nicht verkaufen.

Mir geht es nicht um das Geld. Ich sehe es als ein Mittel, um das Leben zu leben, das ich will, und das Leben, das ich jetzt will, ist, diesen Hafen zu führen und etwas zu tun, worauf ich stolz sein kann.

Als sich eine neue Reihe von Wolken über mir zusammenbraut, beginnt es wieder zu nieseln und ich suche Schutz im Inneren. Ich bestelle etwas zu essen und öffne eine Flasche Wein.

Wenig später klopft es erneut an der Tür. Nur dieses Mal erschreckt es mich nicht. Ich weiß genau, wer es ist. Ich erwarte sie.

„Du bist klatschnass", sage ich und führe sie herein.

Rachels Arbeitskleidung klebt an ihrem durchtrainierten Körper. Ich nehme eines der Küchenhandtücher und reiche es ihr. Sie sammelt ihre schwarze Haarmähne mit beiden Händen und drückt sie über dem Boden aus. Dann benutzt sie das Handtuch, um sich abzutrocknen.

„Bist du den ganzen Weg hierher geradelt?"

„Es sind kaum zwei Meilen", sagt Rachel mit einem lässigen Achselzucken.

Ich kann nicht anders, als den Kopf zu schütteln und zu lachen.

„Hey, hier sieht es wirklich nett aus", sagt Rachel, während sie sich umschaut. Sie ist nicht gerade jemand, der leicht zu beeindrucken ist.

Ich bin kurz davor, ihr eines der Zimmer zu zeigen, aber sie geht sofort alleine weiter.

Ein paar Minuten später kommt sie in einer trockenen Jeans und einem T-Shirt wieder heraus und wirft ihre wasserdichte Tasche auf den Stuhl.

„Wow, du hast dich ganz schön herausgeputzt."

Sie gibt mir ein lässiges Achselzucken, lehnt sich dann zu mir und gibt mir einen Kuss auf die Wange.

Sie schnappt sich eines der Weingläser vom

Tresen und nimmt ein paar lange Schlucke, bevor sie nach Luft schnappt.

„Harter Tag?"

„Eine Operation nach der anderen", sagt sie. „Es ist anstrengend."

Rachel ist eine Neurochirurgin, die wahnsinnige Arbeitszeiten hat und ihre Freizeit damit verbringt, Marathons zu laufen und für Langstrecken-Radrennen zu trainieren.

Sie ist in jeder Hinsicht eine Streberin, und wir hängen schon seit ein paar Wochen zusammen ab. Wir haben uns in einer Bar kennengelernt, ihrem Stammlokal nach der Arbeit.

„Du wirst mit diesem Hafen alle Hände voll zu tun haben", sagt Rachel und zeigt auf den Yachthafen. „Es gibt ihn schon lange und einige der Alteingesessenen von hier werden über einen Neuankömmling nicht gerade glücklich sein."

„Wem sagst du das", sage ich kopfschüttelnd und erzähle ihr von meiner heutigen Begegnung mit den Elliott-Jungs.

„Du weißt, dass sie das nicht auf sich beruhen lassen werden, oder? Es ist ihr Erbe. Es würde mich nicht wundern, wenn sie ihren Vater in die Psychiatrie bringen, um zu beweisen, dass er nicht bei klarem Verstand ist, um seine finanziellen Entscheidungen für ihn zu treffen."

„Glaubst du, dass sie das schaffen werden?"

„Mit den richtigen Anwälten, natürlich. Das Problem ist, dass sie das Geld haben, um die richtigen Anwälte zu bezahlen."

Unser Essen kommt, und ich nehme es aus den Behältern und lege es auf richtige Teller.

„Wow, das sieht gut aus", sagt Rachel.

Ich lächle und sage: „Naja, es ist ein besonderer Abend. Es ist das erste Mal, dass wir auf diesem Boot essen. Das möchte ich feiern."

Wir setzen uns, stoßen mit den Gläsern an, und sie prostet mir auf meinen Kauf zu.

„Ich freue mich wirklich, dass du diesen Hafen bekommen hast und dass du nach Seattle gekommen bist. Ich hoffe, das bedeutet, dass du eine Weile in der Gegend bleiben wirst?", fragt Rachel und nimmt einen Bissen von ihrem Essen.

„Ja, auf jeden Fall."

„Gut", sagt sie schüchtern.

„Warum?"

Sie zuckt mit den Schultern und stützt ihr Kinn mit einer Hand auf.

„Irgendwie mag ich dich. Magst du mich auch?"

Ich lächle und sage: „Ich mag dich sehr."

Ich beuge mich vor und küsse sie.

Sie ist nicht die erste Frau, die ich seit Isabelle getroffen habe. Ich bin hier und da auf ein paar Dates gegangen, aber keine war besonders interessant.

Rachel ist anders. Sie ist unabhängig und selbstbewusst. Sie braucht mich nicht wirklich. Das gefällt mir.

Sie hat einen sehr vollen Terminkalender, aber das habe ich auch. Ich mag die Zeit, die wir zusammen verbringen, aber vor allem mag ich die Tatsache, dass sie mich davon abhält, an Isabelle zu denken, selbst wenn es nur ein paar Stunden am Tag sind.

Nach dem Essen schenken wir uns noch eine Runde ein und kuscheln uns auf die Couch. Ich frage sie nach der Arbeit, aber sie will nicht wirklich darüber reden.

Ich schalte Netflix ein und wir schauen etwas, aber keiner von uns beiden passt auf. Während ich hier unter der Decke sitze, mit ihr neben mir, fühle ich mich plötzlich schuldig.

Ich sollte diesen Moment genießen.

Ich sollte nur an sie denken und nicht an die Frau, die mir das Herz gebrochen hat, aber ich kann mich nicht dazu bringen, aufzuhören.

Die Wahrheit ist, dass ich die ganze Zeit nur an Isabelle denke.

Wo ist sie? Was macht sie gerade?

Ich denke an das Mal, als sie sich entschuldigte und mir sagte, dass sie das Geld nicht hatte nehmen wollen. Ich war am anderen Ende und hörte zu.

Ich hatte nur angerufen, um ihre Stimme zu hören. Das war der einzige Grund gewesen, warum ich überhaupt angerufen hatte.

Ich hatte keine Erklärung gewollt. Ich wollte nur wieder bei ihr sein, in welcher Form auch immer, auch wenn wir Tausende von Meilen voneinander entfernt waren.

Sie hat sich aber entschuldigt. Sie sagte, es täte ihr leid.

Sie sagte, es sei ein Missverständnis gewesen und sie käme sofort zurück. Ich wollte mehr wissen, aber ich konnte nicht fragen.

Jemand hätte mithören können. Es hätte eine Falle sein können. Ich war ein Risiko eingegangen, auch wenn ich angerufen hatte, aber ich hatte nicht nicht anrufen können.

Rachel beugt sich vor und küsst mich.

Sie überrascht mich, aber nur, weil ich mit meinen Gedanken ganz woanders bin. Ihr Mund fühlt sich gut auf meinem an. Ihr Körper ist stark wie der eines Athleten, beherrscht, und doch hat er ein paar schöne Kurven.

Als Kind war Rachel immer eines der beliebtesten Mädchen in der Schule. Sie wurde nie gemobbt und es wurde sich nie über sie lustig gemacht.

Ihre Eltern sind beide Ärzte und sie sind seit Jahren glücklich verheiratet. Sie hat zwei Brüder, die beide als Computeringenieure in Startups arbeiten. Rachel ist die Art von Mädchen, die immer bekommt, was sie will, und es ist schön, zur Abwechslung mal mit so jemandem zusammen zu sein.

Isabelle war schüchtern, unsicher und nicht besonders selbstbewusst. Sie hatte keine Ahnung, wie schön sie war, und deshalb ging sie mit dem Gefühl durchs Leben, dass sie das Glück nicht verdiente.

Ich dachte, dass wir das zusammen finden würden, aber ich lag falsch.

Vielleicht waren es ihre Unsicherheit und ihr Mangel an Kompetenz, die dazu führten, dass sie mich betrogen hat.

Rachel zieht ihr Oberteil aus und ich fahre mit meinen Fingern auf ihrer Haut auf und ab. Sie klettert auf mich und küsst mich fester auf den Mund. Ich spüre, wie ich hart werde. Ich will sie, aber das Verlangen ist ganz anders als das, was ich zuvor gefühlt habe.

Hör auf zu vergleichen. Das ist nicht fair, sage ich leise zu mir selbst.

Es ist nicht nur das, es ist auch falsch. Rachel ist hier.

Sie ist lustig, voller Leben, unglaublich intelligent und will tatsächlich mit dir zusammen sein. Isabelle hat mich hintergangen und mein ganzes Geld gestohlen.

Ich hatte Glück, dass ich nicht erwischt wurde und für den Rest meines Lebens ins Gefängnis musste.

Ich küsse Rachel zurück und werfe sie auf ihren Rücken. Ich zwinge mich, nicht mehr passiv zu sein und mich mehr zu engagieren, in der Hoffnung, dass mich das dazu zwingt, Isabelle aus meinem Kopf zu verdrängen.

Für eine Weile klappt es. Wir machen halb

entkleidet auf der Couch rum. Ich schiebe meine Hand zwischen ihre Beine und ziehe ihr Höschen zur Seite.

Ich küsse sie und küsse sie wieder, während sie ihren Kopf nach hinten neigt und gelegentlich ihre Hände in meinen Haaren vergräbt. Beim ersten Mal, als sie das tut, denke ich sofort an Isabelle zurück, aber dann zwinge ich mich, aufzuhören.

„Willst du nach hinten ins Schlafzimmer gehen?", frage ich und behalte meinen Mund auf ihrem.

„Mhm", murmelt sie und küsst mich erneut.

Als wir aufstehen, ergreife ich ihre Hand, um sie nach hinten zu führen, aber ihr Handy klingelt. Ihr Gesicht fällt, und meine Laune sinkt sofort wie bei einem Luftballon, dem die Luft ausgeht.

Ich weiß, wer es ist, noch bevor sie abnimmt. Es ist das Krankenhaus und es gibt eine Art Notfall.

Sie antwortet nach dem zweiten Klingeln und nach dem dritten weiß ich, dass ich sie heute Abend wahrscheinlich nicht mehr sehen werde.

„Es tut mir wirklich leid", sagt sie und legt auf. „Es gibt einen weiteren Notfall."

„Ja, natürlich. Verstehe ich", sage ich und nehme einen Schluck von meinem Wein.

„Verschieben wir es?"

„Wann hast du das nächste Mal Zeit?"

„Ich habe ein paar Doppelschichten hintereinander", sagt sie, schaut auf ihren Terminplan auf dem Handy und beißt sich auf die Unterlippe.

„Schick mir einfach eine SMS, wenn du frei hast", sage ich. „Ich werde mit dem Yachthafen auch ziemlich beschäftigt sein."

Sie zieht sich schnell an, schnappt sich ihren Rucksack und küsst mich auf die Wange.

„Wir müssen irgendwann mal wegfahren", sagt sie. „Für ein Wochenende."

„Das wäre schön", sage ich und sehe zu, wie sie über das Deck verschwindet.

5

ISABELLE

Es ist Monate her, dass ich meinen Job verloren habe, und ich habe immer noch keinen anständigen Ersatz gefunden. Ich begann, mich auf Fiverr.com für gute Jobs zu bewerben und Dinge wie das Schreiben von Lebensläufen und das Bearbeiten von Anschreiben zu übernehmen.

Ich nahm jeden Job an, den ich bekommen konnte, und verdiente schließlich etwa 1.500 Dollar im Monat. Ich erhöhte meine Preise und bin jetzt bei 2.000 Dollar angelangt. Es gibt keine Krankenversicherung oder andere Vorteile, die damit einhergehen, aber es ist genug, um die Hypothek zu bezahlen, und das ist ziemlich gut für den Moment.

Ich bewerbe mich immer wieder auf neue Stellen in der Logopädie, aber je mehr Monate vergehen, desto unsicherer werde ich, ob ich eine dieser Stellen bekommen werde.

Vor etwa einem Monat habe ich meine eigene Website erstellt und angefangen, meine eigenen Videos auf YouTube zu veröffentlichen, in denen ich Eltern einige Grundlagen zeige, wie sie ihre Kinder zum Sprechen bringen können.

Libby gab mir die Erlaubnis, Kylie in den Videos zu zeigen, und ich benutze diese Videos als Werbematerial für mein Geschäft. Trisha hat ihre eigenen Kunden rekrutiert und so hat sie ihre Praxis gegründet. Vielleicht kann ich das Gleiche tun.

Ich verbringe meine Tage damit, so beschäftigt wie möglich zu sein, jeden Moment mit Arbeit oder der Aussicht auf Arbeit zu füllen.

Während Mom praktisch jeden Abend zu den Anonymen Alkoholikern geht, gehe ich online und beginne, das Internet nach irgendeiner Spur von Tyler, Mac oder irgendetwas, das mit ihrer Flucht zu tun hat, zu durchforsten.

Ich finde nichts, aber ich suche weiter.

Ich checke die Google Alerts und

durchstöbere Foren für wahre Verbrechen, in
denen viel darüber spekuliert wird, was mit ihnen
passiert ist. Es ist ein großes Rätsel. Keiner weiß,
was passiert ist.

Ich höre mir andere Podcasts an und schaue
mir verschiedene YouTube-Videos über ihren
Verbleib an, aber keiner von ihnen erwähnt
irgendetwas über mich, und ihre Spur endet
ziemlich genau in Pennsylvania.

Einige spekulieren, dass sie nach Kanada
gegangen sind und andere nach Mexiko. Von dort
aus weiß niemand weiter. Ein paar Leute stellen
sich vor, dass Tyler am Strand der Cayman
Islands lebt und auf einem großen Segelboot
herumsegelt, ein Mann ohne Land.

Mir gefällt der Gedanke.

Ich stelle ihn mir gerne mit einer schönen
bronzenen Bräune an einem warmen, sonnigen
Ort vor. Ich stelle mir vor, wie er am Ruder steht
und stolz darüber nachdenkt, wie weit er
gekommen ist. Ich frage mich, ob er jemals an
mich denkt.

In Nächten wie diesen, in denen der Regen
nicht nachlässt, ich zu viele Stunden damit
verbringe, an Tyler zu denken und zu viele Gläser

Wein ganz allein herunterkippe, tue ich mir selbst besonders leid.

Ich weiß, dass ich ihn wahrscheinlich nie wieder sehen werde, aber ich kann nicht einfach weitermachen. Ich will, dass er die Wahrheit erfährt, und ich schicke immer wieder diese Gedanken und Nachrichten in die Atmosphäre, in der Hoffnung, dass eine davon zu ihm durchdringen wird.

Das Problem ist, dass ich nicht einmal wirklich an diese Art von Dingen glaube.

MOM TRIFFT sich jetzt mit jemandem. Sie haben sich bei den Anonymen Alkoholikern kennengelernt und sind seit fast einem Monat zusammen. Ich habe ihn noch nicht kennengelernt, aber ich kann daran, wie sie sich verhält, erkennen, dass es aufregend ist.

Sie war schon immer jemand, der sich gerne die Haare kämmt und sich vor dem Waschbecken schminkt, aber jetzt nehmen die Vorbereitungen für ihre wöchentlichen AA-Treffen einen ganz neuen Stellenwert ein.

Sie braucht ungefähr eineinhalb Stunden, um

sich fertig zu machen. Es ist eine gute Sache, dass sie vormittags und nachmittags arbeitet und ihr Chef sie nicht mehr abends arbeiten lässt.

Sie verdient zwar weniger Geld, aber ich verdiene jetzt etwas und zusammen kommen wir ganz gut über die Runden. Außerdem glaube ich, dass sie es genießt, ein normales Privatleben zu haben, das sich auch nachts abspielt.

Er heißt Benjamin Taliancich und ist ein zweifach geschiedener Buchhalter mit eigener Praxis direkt neben der American Legion. Laut Mom ist er anders als alle anderen, mit denen sie bisher ausgegangen ist, aber genau das mag sie an ihm. Er ist ruhig, höflich und bleibt gerne nachts zu Hause, um an seiner Briefmarkensammlung zu arbeiten.

„Ich hatte keine Ahnung, dass es noch Briefmarkensammlungen gibt", sage ich.

„Ich habe sie gesehen. Sie ist wirklich nett. Er hat auch eine Münzsammlung."

„Was für ein Nerd."

Ich mache mich lustig, aber insgeheim freue ich mich. Mom war immer ein Partygirl, und die meisten Männer, mit denen sie sich verabredet hat, waren die, die in der Highschool beliebt waren und dann als Erwachsene keinen Job behalten konnten.

Die ganze Zeit habe ich mich davor gefürchtet, dass sie wieder auf die schiefe Bahn gerät, und ich dachte, dass derjenige, mit dem sie sich wieder verabreden würde, eine große Rolle dabei spielen würde, aber bei Benjamin scheint es anders zu sein.

Ich sage ihr, dass sie ihn zum Abendessen einladen soll und dass ich kochen werde.

Sie keucht, schüttelt den Kopf und sagt scherzhaft: „Auf keinen Fall. Ich lade ihn ein, aber *du* wirst auf keinen Fall kochen."

Benjamin kommt ein paar Tage später und er ist sogar noch netter, als ich dachte.

Er hat einen College-Abschluss, was für die meisten Männer, mit denen meine Mutter ausgegangen ist, ungewöhnlich ist, aber er wirkt deswegen nicht arrogant. Er besitzt ein Haus in Aspinwall, eine Stadt weiter, das von seinem Geschäft aus zu Fuß zu erreichen ist. Wir lernen uns ein wenig kennen und beim Nachtisch halten sie sogar Händchen.

Er erzählt auch, dass er an diesem Wochenende Skifahren lernen will.

„Ich war noch nie dort, aber ich wollte schon

immer mal fahren, also habe ich beschlossen, dass ich es diesen Winter endlich tun werde. Ich werde einen dieser Kurse belegen und ich hoffe, dass ich dort nicht der Einzige bin, der älter als fünf Jahre ist."

„Das wirst du wahrscheinlich sein", sage ich scherzhaft, aber insgeheim bin ich beeindruckt von seiner Offenheit, neue Dinge auszuprobieren.

„Nein, das wirst du nicht", sagt Mom. „Ich werde direkt neben dir sein."

Mir bleibt fast der Mund offenstehen.

Die wenigen Male, die ich Skifahren als Kind erwähnt habe, bezeichnete Mom es als einen *Sport für elitäre Scheißer*. Sie wusste, dass es an meiner Highschool reiche Kinder gab, die ihre Winter mit Skifahren in Seven Springs, einem nahe gelegenen Skigebiet, verbrachten, und einige von ihnen fuhren sogar bis nach Vermont oder Colorado.

Sie hatte selten etwas Positives über sie zu sagen, besonders nachdem sie herausgefunden hatte, dass ich mit Tyler befreundet war. Früher nahm ich ihr das übel, aber jetzt weiß ich, dass es nur ein Selbstverteidigungsmechanismus war.

Es war ihre Art, mit all den Dingen klarzukommen, die sie mir nicht bieten konnte.

Sie tat so, als wäre etwas falsch an ihnen und an dem, was sie zur Erholung taten. Dann müsste sie sich nicht so schlecht fühlen, dass sie es mir nicht geben konnte.

„Ich wusste gar nicht, dass du Skifahren lernen willst", sage ich, lehne mich auf der Couch zurück und nippe an meiner frischen Tasse Kakao, die Benjamin für uns gemacht hat. Ich beobachte, wie ein kleines Marshmallow an der Oberfläche auf und ab hüpft und dann langsam in der Tasse schmilzt.

„Das wollte ich auch nicht, aber wenn ich ihm zuhöre, wie er darüber spricht, klingt es wirklich spaßig. Außerdem bin ich an diesem Punkt in meinem Leben, an dem ich versuche, neue Dinge zu tun."

„Das finde ich gut", sage ich.

Wir reden noch etwas und danach bin ich bereit, allein zu sein, also gehe ich in mein Zimmer. Ich möchte ihnen etwas Freiraum geben und ich merke, dass sie es zu schätzen wissen.

Als ich ins Bett gehe, staune ich darüber, wie anders die Dinge sind. Es gab eine Zeit, in der ich mir nicht vorstellen konnte, dass meine Mutter so etwas tun würde, und es macht mich glücklich zu sehen, wie sie das Leben umarmt.

Jahrelang schien sie Tag für Tag zu existieren und nur daran zu denken, ihren nächsten Kick zu bekommen, ob das nun Alkohol, Drogen oder Glücksspiel war. Sie durchlief Phasen der Abhängigkeit mit jeder dieser Substanzen und war mir bis vor kurzem nicht sicher, ob sie bis vor kurzem jemals wirklich clean werden könnte.

Ich weiß, dass sie zu Süchten neigt und ich auch. Wir sind wie besessen, und so bestehen wir in dieser Welt. Jahrelang war ich vom Essen besessen. Ich habe mich vollgestopft, ich habe gehungert und ich habe mich gehasst. Dann habe ich den Kreislauf immer wieder durchlaufen.

Als ich Tyler kennenlernte, änderte sich etwas, aber jetzt, wo er nicht mehr da ist, falle ich in meine alten Gewohnheiten zurück. Immer wenn ich mich langweile, greife ich nach etwas, das ich mir in den Mund stecken kann. Mir ist nicht oft langweilig und ich versuche, mich zu beschäftigen, aber ich greife immer noch nach den Snacks, nach der Schokolade und nach all den Dingen, die mich dazu bringen, meinen Körper zu hassen.

Ich versuche, diesen Teil von mir für mich zu behalten. Nach außen hin können die Leute sehen, dass ich übergewichtig bin, aber ich versuche, positiv und liebevoll zu meinem Körper zu sein.

Das klappt nicht immer. Mein Gewicht schwankt mit meinen Stimmungen, und wann immer ich versuche, ein Trainingsprogramm zu beginnen, kann ich es nicht durchhalten.

Das Seltsame ist, dass ich nicht wirklich gerne esse. Ich habe keinen ausgeprägten Geschmackssinn und interessiere mich nicht für allzu viele exotische Speisen.

Ich möchte einfach viel essen.

Wenn ich einen anstrengenden Tag bei der Arbeit habe, komme ich nach Hause und esse eine Pizza. Wenn ich mich bei der Arbeit unruhig fühle, ertränke ich mich in Kohlenhydraten. Der Zuckerrausch macht alles für einen Moment okay, aber es ist nie genug und es hält nie an.

Nach einer Menge harter Arbeit habe ich mich schließlich von süßen, kohlensäurehaltigen Getränken und Säften entwöhnt, aber es hat kaum einen Unterschied auf der Waage gemacht.

Jetzt, wo ich seit Monaten nicht mehr gearbeitet habe, auch nicht in irgendeiner offiziellen Position, ist meine Besessenheit vom Essen noch weniger kontrollierbar geworden.

Ich wache morgens auf und es ist das Erste,

woran ich denken kann. Ich versuche, meine Kalorien zu begrenzen, und dann versuche ich, den Fett- und Kohlenhydratgehalt meiner Mahlzeiten zu zählen, aber normalerweise gebe ich gegen Mittag auf und haue mir dann den Bauch voll, weil ich mich so schlecht fühle.

Die einzige Zeit, in der ich das unter Kontrolle hatte, war, als ich mit Tyler unterwegs war. Es scheint verrückt zu sein, darüber nachzudenken, denn es war eine sehr stressige Zeit, aber es ist fast so, als ob die Sorge um die Bullen meine Aufmerksamkeit von meiner Besessenheit abgelenkt hätte. Jetzt, wo ich wieder zu Hause bin, bin ich wieder in meine alten Muster verfallen.

Nachdem ich Mom mit Benjamin allein gelassen habe, gehe ich in mein Zimmer, trinke ein Glas Wasser und versuche, nicht mehr ans Essen zu denken.

Ich klappe meinen Laptop auf und suche stattdessen nach Tyler. Ich weiß nicht, warum ich das immer wieder tue. Es ist ja nicht so, als würde er eine Facebook-Seite starten, einen Instagram-Account eröffnen oder der Welt mitteilen, wo er ist.

Trotzdem suche ich weiter.

Was, wenn er es tut?

Was, wenn ich zufällig irgendwo im Internet über ihn stolpere, seinen neuen Namen herausfinde und mich dann mit ihm in Verbindung setze?

Was wäre, wenn das tatsächlich möglich wäre?

6

ISABELLE

Einen Monat später zieht Mom bei Benjamin ein. Sie schuldet mir noch für ein paar Wochen Geld, sagt aber, dass sie mir helfen wird, die Miete zu bezahlen, solange ich sie brauche.

Ich möchte, dass sie bleibt, nicht weil ich nicht will, dass sie zu ihrem Freund zieht, sondern weil ich sie tatsächlich vermissen werde.

Ich will auch nicht allein mit meinen Gedanken in diesem großen Haus sein, aber ich sage ihr nichts davon. Ich will mich für sie freuen.

Ich bin erwachsen und sie ist erwachsen. Ich möchte, dass sie sich verliebt und jemanden findet, der sie für immer lieben wird.

Mom spricht über die Gefahren einer

Beziehung während der Genesung und mir wird klar, wie ernst sie alles an ihrem neuen Leben nimmt.

Zuerst war ich mir nicht sicher, ob sie mit jemandem zusammen sein sollte, der auch süchtig ist, aber er erzählt mir, dass er seit fast drei Jahren weder einen Drink noch eine Pille genommen hat.

Vor fünf Jahren zog er sich eine Zerrung im Rücken zu, die operiert werden musste, und sie gaben ihm ein Rezept für Oxycontin. Es dauerte nicht lange, bis er anfing, es zu missbrauchen.

„Ich wusste, dass es süchtig macht, aber ich hatte all diese Schmerzen und es war das Einzige, was half. Schnell merkte ich, dass ich ohne es nicht einmal den Tag überstehen konnte."

Benjamin spricht viel über seine Genesung und seine Sucht. Er geht sehr offen damit um und hat sogar ein paar Süchtige unterstützt.

Er hatte einen Rückfall, aber er hat sich in Behandlung begeben und ist sehr gewissenhaft darin, alle Regeln zu befolgen.

Genau wie Mom war er sehr besorgt darüber, mit jemandem während der Genesung auszugehen, aber jetzt scheinen sie sich gegenseitig zu unterstützen und einen wirklich positiven Einfluss auf das Leben des anderen zu haben.

In der Woche, nachdem Mom ausgezogen ist, besuche ich sie und bringe ihr ein Einweihungsgeschenk in Form eines Fasskaktus mit. Er gehört eigentlich nicht nach Pennsylvania, aber sie war schon immer ein Fan von Sukkulenten und Kakteen aus dem Südwesten.

Ich möchte ihr etwas schenken, das sie lieben wird.

Ich war vorher noch nie in Benjamins Haus, aber ich sehe Moms Einfluss überall. Er zeigt mir die neuen Vorhänge, die sie selbst aus dem Stoff genäht hat, den sie bei Jo-Ann Fabrics gekauft hat, zusammen mit den Kissen, die sie im Sonderangebot bei Marshall's bekommen hat.

Als sie mich in seinem Haus mit drei Schlafzimmern herumführt, beginne ich, sie als die Frau des Hauses zu sehen. Sie gehört hierher.

Das ist jetzt ihr Zuhause.

Ich denke zurück an die Drogenhöhle, in der ich sie in der Nähe des Stadtzentrums gefunden habe, die ohne Dach und mit etwa zehn anderen zugedröhnten Süchtigen. Sie sah nicht wie ein Mensch aus.

Ich überredete sie, mit mir zu kommen,

indem ich ihr Geld und einen Platz zum Bleiben anbot, aber sobald sie merkte, dass ich sie zur Entgiftungsstation bringen wollte, öffnete sie die Tür und sprang aus dem Auto.

Wir haben ein paar Mal darüber geredet. Sie hat sich zutiefst entschuldigt und ich habe ihre Entschuldigung akzeptiert. Das tue ich immer noch.

Trotzdem sind die Bilder und die Erinnerungen für immer in meinem Gedächtnis verankert. Das ist meine Mutter und das Trauma, das sie mir zugefügt hat, ist schwer zu erfassen.

Ich weiß, dass ich ihre Besessenheit und ihre süchtige Natur geerbt habe, aber ich frage mich, wie viel davon mit ihren Genen und nicht mit ihren Taten zu tun hat.

Wir lernen zu sein, indem wir andere beobachten.

Ich habe versucht, meine Identität als Gegenpol zu ihrer zu schaffen, aber dabei habe ich Mauern errichtet, um mich vor all den Dingen zu schützen, von denen ich nicht wollte, dass sie passieren.

Ich wollte nicht von irgendeiner Substanz abhängig sein und habe mein Bestes versucht, mich von Drogen und Alkohol fernzuhalten. Ich habe nie Gras geraucht und ich habe nur bei einer Handvoll Gelegenheiten Schmerzmittel genommen, zum Beispiel nach einer Weisheitszahnoperation.

Ich wusste, dass ich mich von diesen Dingen fernhalten musste, wenn ich nicht in ihre Fußstapfen treten wollte, aber was ich nicht wusste, war, dass sich meine süchtige Persönlichkeit auf andere Weise manifestieren würde.

Da ist meine Besessenheit vom Essen. Da ist meine Unfähigkeit, meine Emotionen zu kontrollieren, und mein Versuch, sie mit Essen in den Griff zu bekommen. Und dann ist da natürlich der Versuch, Tyler zu finden, obwohl das an diesem Punkt wahrscheinlich unmöglich ist.

Ich weiß nicht, ob es richtig ist, zu sagen, dass ich von ihm besessen bin, aber ich werde von dem, was passiert ist, verzehrt. Ich komme nicht über die Tatsache hinweg, dass er denkt, ich hätte ihn hintergangen.

Ich weiß, dass er recht hat, aber ich brauche auch eine Chance, es zu erklären. Jedes Mal, wenn ich darüber nachdenke, werde ich sofort an jenen Nachmittag zurückversetzt und ich weiß, dass es nichts gibt, was ich tun kann, um das zu ändern.

———

Es IST über ein Jahr her, dass ich ihn gesehen habe, und es fühlt sich an, als wäre es erst gestern gewesen. Ich habe keine Bilder von ihm, außer den Fahndungsfotos, die ihm überhaupt nicht ähneln.

Das ist eines der vielen Bedauern, die ich über unsere gemeinsame Zeit habe. Ich war mir so sicher, dass wir, egal was passiert, zusammen sein würden. Ich hätte nie erwartet, dass das passiert. Ich hätte nie erwartet, wieder hier zu sein und mein Leben zu leben, als hätte er nie existiert.

Die einzige Person, die die Wahrheit über ihn kennt, ist Libby. Ich habe es ihr erzählt, weil ich ihr vertraue, viel mehr als meiner Mom. Mom ist schon länger nüchtern als je zuvor, und sie und Benjamin reden über eine Heirat, aber ich zögere immer noch, ihr alles zu erzählen, was passiert ist.

Mom arbeitet weiterhin in der *Cheesecake Factory* und ist sogar zur Oberkellnerin befördert worden. Benjamin hat eine Menge Urlaubstage angespart und sie planen eine einmonatige Reise durch Europa.

Ich freue mich für sie, aber ich bin auch insgeheim neidisch, da mein eigenes Leben weiterhin eine gewisse Abwärtsspirale aufweist.

Das einzig Positive in meinem Leben ist, dass ich tatsächlich anfange, so etwas wie eine Praxis aufzubauen. Ich habe jetzt fünf Klienten, die ich jeweils dreimal pro Woche besuche.

Sie wohnen in verschiedenen Teilen der Stadt und ich verbringe viel Zeit in meinem Auto, aber das hält mich wenigstens auf Trab. Außerdem kann ich mehr Geld verlangen, weil ich zu ihnen nach Hause fahre.

Ich beschließe, dass ich mindestens sieben feste Kunden haben sollte, bevor ich überhaupt daran denken kann, einen Raum zu mieten, aber ich weiß nicht einmal, ob das möglich wäre. Im Moment fahre ich zu ihnen nach Hause, egal ob es regnet oder scheint.

Was passiert, wenn ihre Mütter zu mir fahren müssen? Sie sind alle sehr verstreut in der Stadt und ich weiß nicht einmal, wo ich meine Praxis eröffnen könnte, damit es für alle günstig ist.

Außerdem habe ich auf diese Weise keinen Mietvertrag und schulde niemandem Geld für die

Miete. Vielleicht ist das im Moment in Ordnung so. Es hält mich in Bewegung und bewahrt mich davor, zu Hause herumzusitzen und über Essen und Tyler nachzudenken.

An einem besonders regnerischen Abend, nachdem ich einen großen Durchbruch mit einem Dreijährigen erzielt habe, der noch nie ein Wort gesagt hat, fühle ich mich stolz und lebensfroh.

Ich halte bei der *Cheesecake Factory*, um mit meiner Mutter zu plaudern, aber man sagt mir, dass sie heute frei hat. Ich kaufe einen Schokoladenkuchen und beschließe, sie zu Hause zu überraschen.

Es gibt einen Parkplatz direkt gegenüber von ihrem Haus. Ich stapfe auf die Veranda und bürste den Regen von meiner Jacke ab. Es ist nicht gerade eine Regenjacke, also bin ich komplett durchnässt, und ich kann es kaum erwarten, mich an Benjamins knisterndem Kamin aufzuwärmen.

7

ISABELLE

Ich klingle an der Tür und warte darauf, dass sie mir aufmachen, aber niemand kommt. Ich klingle erneut und öffne dann die Fliegengittertür, um zu klopfen.

Immer noch nichts.

Ich weiß, dass sie zu Hause sind, weil das Licht an ist, aber die Vorhänge sind zugezogen. Aus einer Laune heraus versuche ich es mit dem Knauf, und zu meiner großen Überraschung öffnet sie sich.

„Hey, tut mir leid, dass ich so reinplatze, aber …"

Ich erstarre, und das ganze Blut fließt aus meinem Gesicht. Mom liegt mit ausgebreiteten

Armen und Beinen auf der Couch, die Augen geschlossen.

Benjamin liegt in einem ähnlichen halbkomatösen Zustand direkt neben ihr. Auf dem Couchtisch vor ihnen liegen eine Glaspfeife, Folie, Nadeln und all die anderen Beweise für Drogenkonsum.

Sie haben gerade etwas genommen und nehmen meine Anwesenheit nicht zur Kenntnis. Ich möchte sie anbrüllen, schütteln und immer wieder „warum" schreien, aber stattdessen stehe ich in der Tür und starre die Menschen an, die ich einmal kannte.

Ein paar Minuten später lässt der Schock nach und ich schaffe es, die Tür zu schließen und meine klatschnasse Jacke auszuziehen.

Ich weiß nicht, was ich tun soll.

Ich will sie allein lassen und nach Hause gehen und weinen, aber ich will sie auch nicht allein lassen.

Sie atmen beide noch, sie leben.

Ich habe viele Bücher über Sucht gelesen und weiß, wie gefährlich es für die Menschen ist, die nach einer langen Zeit der Nüchternheit einen Rausch haben. Das ist, wenn Überdosen passieren.

Das ist, wenn man Menschen verliert.

Tränen steigen mir in die Augen, während ich sie anstarre, wie sie auf der Couch ausgestreckt liegen, jeder in seiner eigenen Welt.

Ich will sie schlagen und anschreien, aber es hat keinen Sinn. Sie können mich sowieso nicht hören.

Also sitze ich einfach hier, schaue zu und hoffe, dass sie, wo auch immer sie gerade sind, zurückkommen werden.

EIN WENIG SPÄTER SIEHT MICH Mom endlich. Sie sieht beschämt aus, aber nicht verängstigt.

Sie will, dass ich gehe, damit sie mit ihren Drogen allein sein kann, aber ich weigere mich, das zu tun.

„Warum hast du das getan? Du warst doch so glücklich", frage ich und kämpfe gegen das Schluchzen an.

„Du verstehst das nicht", murmelt Mom.

Ihre Worte sind undeutlich und sie reiht sie kaum aneinander.

„Wo ist alles?", fragt sie, als sie endlich auf den Couchtisch hinunterblickt.

„Ich habe es weggeworfen", sage ich nonchalant. „Ich will nicht mehr, dass du es tust."

„Das waren Tausende von Dollar! Du hattest kein Recht dazu!"

Vor ein paar Augenblicken schien sie sich überhaupt nicht zu konzentrieren, aber jetzt ist sie wach und präsent.

„Nein, du hattest kein Recht. Du hattest dein ganzes Leben noch vor dir. Du warst glücklich. Du warst so lange Zeit so gut."

„Was glaubst du, warum wir gefeiert haben?"

Ich stehe auf, um wegzugehen, aber sie rennt auf mich zu und packt mich. Unbeholfen ziehe ich an meiner Jacke und lasse sie fallen.

„Wo hast du alles hingetan?", fragt sie und konzentriert sich unglaublich, um diese Frage richtig herauszubekommen.

„Hab ich dir doch gesagt", sage ich und hebe meine Jacke auf. „Es ist alles weg. Du musst clean werden und wieder in die Entzugsklinik gehen."

„Das war eine einmalige Sache, Isabelle, bitte. Wir werden das nie wieder tun. Sag mir einfach, wo es ist."

Ich schüttle den Kopf.

Sie wirft ihre Hand hoch und gibt mir eine Ohrfeige.

Ich fasse mir an die brennende Wange und kann die heißen Tränen nicht mehr zurückhalten, die mir aus den Augen strömen. Ich weine nicht vor Schmerz, sondern vor der Enttäuschung, dass wieder einmal alles schiefgegangen ist.

Bis heute Abend war mir gar nicht bewusst, wie sehr ich mich für sie freute. Sie lebte endlich das Leben, von dem ich immer dachte, dass sie es könnte. Sie hatte einen guten Job, einen guten Mann, und Pläne für die Zukunft.

Sie hatte tatsächlich Dinge, die sie wollte, und Ziele, die sie zu erreichen versuchte. Wenn ich sie jetzt in ihrem zerzausten Zustand sehe und ihre Verzweiflung, ihre Drogen zurückzubekommen, dann weine ich nicht nur um sie, sondern auch um mich.

„Es tut mir wirklich leid, Isabelle. Bitte. Du musst es mir einfach sagen." Ihre Worte sind langsam und mühsam.

„Ich habe die Drogen die Toilette hinuntergespült und alles andere weggeschmissen", sage ich und sehe ihr direkt in die Augen.

Sie eilt zum Mülleimer in der Küche hinüber und durchsucht ihn, findet aber nichts.

Sie rennt nach hinten, um die Mülltonnen zu

überprüfen, obwohl sie nur ein T-Shirt und eine kurze Hose anhat.

Wieder findet sie nichts.

Als sie zurück ins Wohnzimmer kommt, wirft sie ihren Arm in die Luft und versucht, mich zu schlagen. Diesmal fange ich sie auf und halte sie auf.

„Du wirst es nie finden. Ihr habt etwas Besseres verdient. Bitte tu das nicht."

„Du verstehst das nicht, du machst alles kaputt!"

„Bitte, komm mit mir. Ich rufe deinen Betreuer an und wir können darüber reden. Du kannst wieder auf den richtigen Weg kommen."

Meine Stimme bricht immer wieder, während ich versuche, den Sturzbach der Tränen zurückzuhalten, der mir über das Gesicht läuft.

Sie schüttelt den Kopf und lehnt ab. Sie murmelt, dass ich das nicht verstehe und dass das nur eine einmalige Sache war.

Dann schreit sie mich an, weil ich ihre Sachen genommen habe. Ich sehe sie an und weiß, dass das nicht meine Mutter ist. Nein, das ist nur eine Ausrede.

Das ist sie. Das ist ihr Körper und ihr Reden.

Ich liebe sie, aber was kann ich sonst tun? Ich will, dass es ihr besser geht und dass sie wieder auf die Beine kommt, aber sie muss das auch wollen.

Ich kann sie nicht zwingen, etwas zu wollen, was sie nicht will. Heute, genau jetzt, will sie bei weitem nicht das Gleiche für sich wie ich.

Als Benjamin langsam aus seiner Benommenheit erwacht, mache ich mich auf den Weg zur Tür. Meine einzige Hoffnung ist jetzt, dass sie nicht genug Geld haben, um heute Abend noch etwas zu kaufen, aber ich weiß, dass das unwahrscheinlich ist. Sie haben beide gute Jobs und sie haben das ganze Geld, das sie für ihre Reise nach Europa gespart haben.

Als ich zu meinem Auto gehe, verstecke ich mich nicht mehr vor dem Regen. Ich lasse ihn mir direkt ins Gesicht prasseln und hoffe, dass er stark genug ist, um mich aus diesem Albtraum aufzuwecken.

Alles, was er tut, ist, mich nass zu machen.

Als ich einsteige und den Motor starte, denke ich an die Zeit vor ein paar Tagen zurück und wie aufgeregt meine Mutter klang, als sie diese Tickets nach Paris kaufte. Keiner von beiden war je dort gewesen, und das sollte etwas sein, das sie gemeinsam erlebten und das sie noch nie mit jemand anderem erlebt hatten.

Ich schenkte ihr einen Reiseführer und sie markierte darin alle Orte, die sie auf keinen Fall verpassen wollte. Das war auch meine Mom.

Das war meine richtige Mom, nicht die, die von dieser Sucht entführt wurde. Ich versuche, aus der Parklücke zu fahren, aber eine Welle von Tränen macht es unmöglich, etwas zu sehen.

Ich stelle das Auto zurück in die Parklücke und weine und weine einfach nur, schlage meinen Kopf gegen das Lenkrad.

Diese Hilflosigkeit ist schwer zu erklären. Man weiß alles, was man sich von ihr wünscht, und man weiß, dass sie zu diesem ganz anderen Leben fähig ist, zu einem Leben, das sie so glücklich und so lebendig machen wird, und doch kann man eigentlich nichts tun, damit sie es lebt.

Man kann nichts tun, damit sie aufhört, so selbstzerstörerisch zu sein, und man betet nur, dass sie keine Überdosis nimmt oder sich umbringt, bis sie den Punkt erreicht, an dem sie merkt, dass ihr Leben so viel mehr sein kann als das, was es jetzt ist.

Anstatt nach Hause zu fahren, fahre ich direkt zu Libbys Haus. Ich rufe sie nicht an und warne sie nicht, aber ich hoffe, dass sie mich nicht abweist.

Ich parke mein Auto im Halteverbot direkt vor ihrem Haus und klopfe. Als sie die Tür öffnet, werfe ich mich in ihre Arme und sie hält mich fest, bis ich genug geschluchzt habe, um ihr zu sagen, was los ist.

„Es tut mir so leid, Isabelle", sagt sie und zieht mich enger an sich. Wir sitzen zusammen auf der Couch und sie hält mich und lässt mich an ihrer Schulter weinen.

Irgendwo in der Ferne höre ich die Kinder etwas fragen, wahrscheinlich über mich.

Ich sollte nicht hier sein und ich sollte sie nicht erschrecken, indem ich auftauche und heule, aber ich kann mich nicht bewegen.

Ich brauche lange, um mich zu beruhigen, aber schließlich schaffe ich es.

Irgendwann ziehe ich mich von ihr zurück und ziehe meine Jacke aus.

Irgendwann nehme ich einen Schluck von dem Tee, den sie mir macht.

Schließlich erzähle ich ihr alle Details dessen, was heute Abend passiert ist.

„Es tut mir so leid, dass ich so hereingeplatzt bin", sage ich und wische mir die letzten Tränen weg. „Ich war nur so glücklich heute Abend und ich ging rüber, um sie mit einem Kuchen zu überraschen und stattdessen …"

„Es tut mir wirklich leid", sagt Libby und schüttelt den Kopf. „Sie war so lange clean. Ich dachte wirklich, dass es dieses Mal klappen würde."

„Ich weiß. Ich verstehe das nicht. Sie war so glücklich. Das waren sie beide. Als sie das erste Mal zusammenkamen, dachte ich wirklich, dass es eine schlechte Idee war. Dann schien er verantwortungsbewusst zu sein und hatte so einen guten Einfluss auf sie. Sie hatten ihre Süchte, aber sie unterstützten sich gegenseitig dabei. Sie gingen beide zu Treffen und allem anderen. Wie ist das passiert?"

8

ISABELLE

I ch bleibe an diesem Abend lange bei Libby zu Hause. Sie hält mich eine Weile, aber dann muss sie ihre Kinder und ihren Mann mit Abendessen versorgen.

Sie lässt mich auf ihrer Couch schlafen. Ich sehe Leute um mich herum, die mir aus dem Weg gehen und mich aus den Augenwinkeln betrachten, aber ich vermute, dass sie mit ihnen gesprochen haben muss, denn keiner von ihnen sagt ein Wort.

Ich weiß, dass ich mich bewegen und zurück nach Hause gehen muss, aber es ist fast so, als wäre alle Energie aus mir herausgesaugt worden.

Ich kann mich nicht bewegen. Ich kann kaum

die Decke hochziehen und meine Augen
schließen.

Am nächsten Morgen wache ich um sechs
Uhr auf, als Kylie anfängt zu weinen. Ich atme
ein paar Mal tief durch und zwinge mich auf die
Beine.

Das Licht ist kühl und düster, es strömt durch
die tiefhängenden Wolken ins Fenster. Ich gehe ins
Schlafzimmer der Mädchen und hebe Kylie hoch.

Nach ein paar Augenblicken hört sie auf zu
weinen, aber ich streichle weiter ihren Kopf.
Libby sagt „Danke" und ich erwidere es.

Ich helfe ihr, die Kinder zu füttern und spiele
ein bisschen mit ihnen, um ihr Zeit zu geben, sich
fertig zu machen. Ich mache sogar das Frühstück,
als ihr Mann nach unten kommt.

Ich habe die ganze Zeit über nicht viel mit
ihm gesprochen, aber es scheint ihn nicht zu
stören. Ich bin sicher, dass Libby ihn aufgeklärt
hat, und er wirft mir einen mitfühlenden
Blick zu.

Als er zur Arbeit geht, fange ich an, die
benutzte Wäsche wegzuräumen. Ich gehe hinüber
zur Waschmaschine, aber Libby nimmt sie mir ab.

„Mach dir keine Gedanken darüber", sagt sie.
„Ich mach die Wäsche später."

„Vielen Dank, dass ich hier bleiben durfte. Ich weiß nicht, was über mich gekommen ist."

„Du wolltest nicht allein sein."

„Trotzdem, ich hätte dich nicht damit belasten sollen. Du hast genug, woran du denken musst."

„Das ist kein Problem. Wir sind Freundinnen, und ich weiß es wirklich zu schätzen, dass du zu mir gekommen bist. Es tut mir leid, dass ich nicht mehr helfen kann."

Ich nicke, da ich nicht weiß, was ich sonst sagen soll.

„Hör mal, kann ich dich um einen Gefallen bitten?", fragt Libby, verlagert ihr Gewicht von einem Fuß auf den anderen und schaut zu Boden.

„Natürlich. Jeden."

„Würde es dir etwas ausmachen, heute Abend vorbeizukommen und zu babysitten? Wir haben schon lange kein Date mehr gehabt."

„Natürlich! Kylie und ich können auch an ein paar Wörtern arbeiten."

„Du könntest dich einfach entspannen und fernsehen. Wirklich alles, was du willst."

Ich nicke und gebe ihr eine letzte Umarmung, bevor ich zu meinem Auto zurückkehre. Ich verbringe den Tag damit, mich abzulenken.

Ich weiß nicht, was Mom macht, aber ich bin wütend auf sie. Enttäuscht.

Ich habe so viele Emotionen, dass ich es nicht einmal zulassen kann, darüber nachzudenken, weil ich von Frustration überwältigt werde.

An diesem Abend fahre ich fröhlich zu Libby zurück, um mir eine Beschäftigung zu geben. Kylie und Carolyn freuen sich, mich zu sehen, und Libby sieht strahlend aus in einem geblümten Kleid, das ich sie noch nie zuvor habe tragen sehen. Sie trägt sogar Rouge und hat sich die Haare gelockt.

„Du siehst wunderschön aus", sage ich und lege meine Hände an meine Wangen, um sie zu bewundern.

„Ich habe mich gut herausgeputzt, was?"

„Du siehst immer gut aus, aber heute Abend siehst du wirklich umwerfend aus."

„Hör auf zu lügen", sagt Libby und ihre Wangen werden rot.

Sie war noch nie der Typ, der Komplimente einfach so hinnimmt. Als ihr Mann auftaucht, kann ich es in seinen Augen sehen, dass er sie für die schönste Frau der Welt hält.

Sobald sie weg sind, zeigt Kylie auf den Fernseher und bittet mich, „*Dora*" einzuschalten.

„An?", frage ich und lege eine Hand über die andere, um ihr das Zeichen zu zeigen.

Sie nickt, aber ich wiederhole mich und zeige ihr dann, wie sie die Geste selbst machen kann.

„An?", frage ich erneut, und diesmal macht sie das Zeichen, so dass ich ihn einschalten kann.

Carolyn zeigt mir ihre Sammlung von Plüschbären und einige ihrer anderen Lieblingsspielzeuge. Während sie sich die Sendung ansieht, reiht Kylie ihre Autos und Lastwagen auf und macht ein lautes Brummgeräusch, während sie mit ihnen spielt, und deutet auf mich, damit ich das Wort sage.

Ihre Kommunikation verbessert sich mit Riesenschritten, und ich vermute nicht mehr, dass sie auf dem Autismus-Spektrum ist. Tatsächlich scheint ihr Problem ausschließlich auf eine Verzögerung der Mundmotorik zurückzuführen zu sein.

Nachdem ich eine Weile mit den Mädchen gespielt habe, lasse ich sie alleine spielen und setze mich auf die Couch, um ein wenig Zeit für mich zu haben.

Ich kenne sie lange genug, um zu wissen, dass der Frieden und die Ruhe, die sie in diesem Moment ausstrahlen, nicht lange anhalten werden, also möchte ich die wenigen Momente, die ich habe, auskosten.

Neben dem Beistelltisch sehe ich einen riesigen Stapel von Zeitschriften. Libby hat es schon immer geliebt, Hochglanzmagazine zu lesen und sie hat eine ganze Reihe davon abonniert.

Ich überfliege einige der Prominentenmagazine und wende meine Aufmerksamkeit dann den lokalen Magazinen zu. Es gibt eines, das *Mountain House Living* heißt und eine große, weitläufige Hütte auf dem Cover hat. Ich kann mich nicht dazu durchringen, es durchzublättern, weil es mich zu sehr an Big Bear, Kalifornien, erinnert.

Natürlich war das Haus nicht so wie diese Hütte hier, aber der Blick auf den See und die dicken Kiefernbäume bringen mich sofort zurück an den letzten Ort, an dem ich mit Tyler war.

Stattdessen wende ich meine Aufmerksamkeit dem Coast Magazine zu. Dort steht ein wunderschönes Haus direkt am Pazifik, das auf beiden Seiten von riesigen Felsblöcken eingerahmt wird. Ich war noch nie im pazifischen Nordwesten, aber ich wollte schon immer mal

dorthin. Die Bäume dort sind immergrün und
stehen nie monatelang kahl und nackt herum wie
hier.

Ich blättere die Seiten von hinten durch, eine
alte Gewohnheit von mir, aber aus irgendeinem
Grund finde ich es einfacher, die Seiten auf diese
Weise umzublättern. Irgendwo in der Mitte,
gleich nach der großen Anzeige für ein teures
neues Segelboot, stolpere ich über einen Artikel
über den Verkauf eines Yachthafens in Seattle.

Offenbar handelte es sich um eine Institution,
die es schon seit den 50er Jahren gibt, und der
Vater weigerte sich, sie seiner Familie zu
überlassen und verkaufte sie stattdessen an einen
Außenstehenden.

Die Autorin ist eloquent und prägnant und
nimmt sich etwas Spielraum bei der Sprache, um
eine bessere Geschichte zu erzählen.
Normalerweise ist das Lesen von so etwas nichts,
was mich wirklich interessiert, und doch kann ich
mich nicht losreißen. Es ist faszinierend und ein
Mysterium, aber es gibt nicht wirklich eine
Auflösung.

Als der Artikel endet, möchte ich mehr wissen,
aber ich glaube nicht, dass es eine Fortsetzung

geben wird. Am Ende ist Oliver Beckett jemand, der den Yachthafen übernimmt und die drei Elliott-Brüder sich selbst überlässt.

Natürlich bezweifle ich, dass sie tatsächlich einen richtigen Job bekommen werden, da die Familie über Jahrzehnte hinweg andere Immobilien und Reichtümer aufgebaut hat, aber sie nehmen den Verkauf definitiv nicht auf die leichte Schulter. Tatsächlich arbeiten sie mit ihren Anwälten daran, ihren Vater für unzurechnungsfähig erklären zu lassen, was den Verkauf wahrscheinlich ungültig machen würde.

Als ich die Geschichte beendet habe, setze ich mich mit den Beinen im Lotussitz auf die Couch, die Zeitschrift flach im Schoß, und denke über das Gelesene nach, anstatt einfach weiterzulesen.

Es ist faszinierend, wie die Geschichte auf eine bestimmte Weise erzählt wird, die einen einfach in sie hineinzieht. Ich blättere zurück zum Anfang und schaue mir den Namen der Autorin an: Emma Scott. Ihre Prosa ist knapp und doch voller Fantasie und sie ist eine erstaunliche Geschichtenerzählerin. Es gibt ein paar Bilder, die in den Text eingestreut sind, und ich hole das Heft näher heran, um die Familie genauer unter die Lupe zu nehmen.

Es gibt ein Bild der Familie in glücklicheren Zeiten: drei Brüder stehen mit ihren leiblichen Eltern beisammen und der Jüngste macht gerade seinen Abschluss. Dann gibt es ein Foto von den dreien mit der Frau des Ältesten, und sie sitzen um den Esszimmertisch, irgendwo mit Blick auf das strahlend blaue Wasser.

„Es muss auch ein Foto von Oliver Beckett geben", sage ich zu mir selbst und blättere die Seiten um.

Es gibt eins, aber es ist irgendwie merkwürdig. Es ist nur eine Silhouette von ihm, die auf den Yachthafen hinausschaut, der jetzt sein Reich ist. Sein Haar ist kurz geschnitten, und er sieht aus, als sei er groß, aber bei so wenig Anhaltspunkten ist es schwer zu sagen.

„Komm, spiel mit uns", sagt Carolyn und zieht an meiner Hand.

Kylie springt herüber und macht das Zeichen für mehr, indem sie ihre beiden Hände zu einer Fliege zusammenführt.

Normalerweise benutzt sie das Zeichen korrekt, wenn sie mehr von etwas will, wie zum Beispiel von ihren getrockneten Lieblingsmangos, aber manchmal benutzt sie es auch nur, um mich dazu zu bringen, mit ihr zu spielen.

Ich lege die Zeitschrift weg und wir spielen zu dritt mit dem Spielhaus von Peppa Wutz. Wir legen Peppa und George auf das Bett und dann nehme ich Papa Wutz und setze ihn auf die Couch vor den Fernseher. Als ich mir Mama Wutz schnappe und sie die Treppe hinunterfallen lasse, lachen die Mädchen und purzeln zu Boden.

Natürlich hält ihre Aufmerksamkeitsspanne nicht lange an, und nach einer Weile gehen sie dazu über, Play-Doh zu schneiden und zu versuchen, es in kleine Ritzen zu stecken.

Ich setze mich wieder auf die Couch und greife nach meinem Handy. Ich scrolle durch die sozialen Medien und checke die Betreffe meiner E-Mails, dann wird mir schnell langweilig.

Ich bin versucht, einen Roman zu lesen, aber ich weiß, dass es wegen der ständigen Unterbrechungen nicht so angenehm sein wird. Ich greife wieder nach der Zeitschrift, doch dann fällt mir etwas ein.

Ich öffne Google und suche nach dem Namen Oliver Beckett. Er ist wahrscheinlich geläufig genug, um eine Reihe von Einträgen in den sozialen Medien zu haben, aber ich frage mich, ob es irgendwo ein Bild von ihm gibt.

Das Erste, was auftaucht, ist der Artikel und das Bild seiner Silhouette. Als ich auf Bilder klicke, sehe ich ein weiteres Foto, doch dieses lässt mir das Blut in den Adern gefrieren.

9

ISABELLE

I ch starre in sein Gesicht und mein Körper versteift sich. Ich kann keinen einzigen Muskel bewegen. Es ist, als hätte mich jemand in Trance versetzt.

Nach ein paar Momenten der Untätigkeit wird mein Bildschirm schwarz und ich starre ihn weiter an, versuche zu verarbeiten, was ich gerade gesehen habe.

Oliver Beckett ist Tyler McDermott?

Ist das überhaupt möglich?

Ich schalte mein Handy mit dem Bild wieder ein und sehe sein Profil.

Seine Haare sind ganz anders, genauso wie sein Körper, aber irgendetwas an ihm ist so vertraut.

Natürlich könnte ich mich irren.

Es gibt eine Menge Leute, die wie andere Leute aussehen, und das kann unmöglich er sein, richtig?

Er sollte sich bedeckt halten. Er sollte nicht in einem Artikel auftauchen. Aber vielleicht hatte er auch keine Wahl.

Vielleicht gab es deshalb kein Foto von ihm in dem Artikel, den Emma Scott geschrieben hat.

Wenn er das ist, dann hat er wahrscheinlich gesagt, dass er nicht mehr, als ein Foto seiner Silhoutte machen lässt.

Ich klicke den anderen Artikel an, um herauszufinden, wo es erschienen ist, aber es gibt nur sehr wenige Informationen darüber. Es ist nur ein Blog, der über maritime Aktivitäten im Pazifischen Nordwesten berichtet. Er erwähnt kurz, dass der Yachthafen unter neuer Leitung steht, und hängt dieses Bild von ihm an, das aussieht, als sei es ohne sein Wissen aufgenommen worden.

Kylie rennt zu mir rüber und macht das Zeichen für mehr und ich lege widerwillig mein Handy weg und gehe hinüber zur Speisekammer, um ihr einen weiteren Snack zu geben.

Alles scheint wie verschwommen zu sein.

Meine Gedanken eilen von einer Möglichkeit zur anderen und ich versuche mir immer wieder einzureden, dass das alles nur ein Zufall ist.

Oliver Beckett ist nur irgendein reicher Investor, der ein bisschen wie Tyler aussieht. Es ist nicht Tyler.

Wie kann das sein? Tyler ist weg.

Tyler ist nicht mehr hier.

Tyler ist nicht mehr Tyler.

Ich kenne seinen neuen Namen nicht, aber wenn das der Fall ist, warum kann er nicht … Oliver Beckett sein?

Natürlich, alles ist möglich. Menschen verschwinden und werden nie wieder gefunden. Andere tauchen nach Jahren des Verschwindens wieder auf, nachdem alle dachten, dass sie tot sind.

Ist das wirklich möglich?

Tyler wollte ein neues Leben mit einer neuen Identität beginnen, aber dieses Leben sollte privat sein.

Es funktioniert nicht, wenn sein Bild in einer Zeitschrift auftaucht oder er in einen großen Rechtsstreit über den Verkauf eines Yachthafens und eines Hotels verwickelt ist.

All diese Gedanken und noch viele andere

schwirren in meinem Kopf herum und bereiten mir Übelkeit. Als ich einen freien Moment habe, greife ich wieder zu meinem Handy und suche nach Oliver Beckett und versuche, alles über ihn zu lesen, was ich kann.

Das Problem ist, dass er kaum existiert. Außer diesen beiden Artikeln gibt es nichts weiter über ihn und er hat überhaupt keine Social-Media-Präsenz. Das ist natürlich nicht ungewöhnlich.

Unwahrscheinlich, aber nicht ungewöhnlich, aber ich denke, es ist verdächtig.

„Ich muss mir das aus dem Kopf schlagen", sage ich zu mir selbst und mache den Fernseher lauter.

Dora schreit: „Swiper, nicht klauen", und singt ein Lied, bei dem ich mit den Mädchen mitsinge und tanze.

Ich bewege meine Hüften hin und her und zeige Kylie, wie sie das Gleiche mit ihren macht. Ich bin keine gute Tänzerin, und im Spiegel am anderen Ende des Wohnzimmers sehe ich, dass meine Bewegungen eher denen einer Zweijährigen ähneln. Aber das macht mir nichts aus. Es macht Spaß zu tanzen, und wir lachen beide, während wir es tun.

Als das Lied zu Ende ist, lasse ich mich nicht

wieder auf die Couch fallen, sondern gehe zur Spielzeugkiste und hole die Legos heraus.

Nach ein paar Augenblicken machen die Mädchen mit und gemeinsam beginnen wir, etwas sehr Großes und sehr Hohes zu bauen. Es ist schön, meine Hände mit etwas Greifbarem zu beschäftigen, aber leider bringt es meine Gedanken nicht zur Ruhe.

Ich muss ständig an Tyler denken und an die Möglichkeit, dass er Oliver sein könnte. Natürlich ist es schön, sich vorzustellen, dass er jetzt ein sehr reicher Mann ist, der das Leben seiner Träume lebt.

Als wir darüber sprachen, neu anzufangen, hat er nie erwähnt, wohin er gehen würde oder was er tun würde, aber ich stellte mir uns irgendwie in Kalifornien vor.

Ich dachte, dass es ihm dort auch gefiel, und ich bin überrascht, dass er gegangen ist. Andererseits war es vielleicht zu schmerzhaft, um zu bleiben, oder vielleicht ist er überhaupt nie gegangen und dieser Oliver Beckett ist jemand ganz anderes.

Gerade als uns die Legos ausgehen und die Mädchen anfangen zu gähnen, kommt Libby nach Hause.

„Wo ist …?", beginne ich zu fragen, als Libby den Kopf schüttelt.

„Es gab eine Art Panne bei Giant Eagle", sagt sie und spricht Eagle wie „Iggle" aus, so wie die Leute es hier normalerweise aussprechen.

„Wow. Ich hatte keine Ahnung, dass Manager von Lebensmittelgeschäften auf Abruf bereitstehen müssen."

„Ja, er ist wie ein Arzt, nur ohne all die Vorteile", sagt sie lachend.

„Und, wie ist es sonst gelaufen?"

„Eigentlich ganz gut. Es ist wirklich schön, miteinander ins Gespräch zu kommen und über etwas anderes als die Arbeit, die Kinder und unsere Rechnungen zu reden."

Ich helfe ihr, die Kinder ins Bett zu bringen, und überraschenderweise dauert das nicht lange.

Als wir zurück ins Wohnzimmer kommen, bin ich versucht, ihr von Tyler zu erzählen, aber ich beiße mir auf die Zunge.

Ich weiß nicht, was wahr ist und was nicht und ich will es nicht aufbauschen. Außerdem habe ich das Gefühl, dass sie mich bereits für ein wenig verrückt hält, nach dem, was mit meiner Mom passiert ist.

„Wie ich sehe, hast du die Zeitschriften für dich entdeckt", sagt Libby.

„Ja, ich hoffe, es macht dir nichts aus", erwidere ich, beuge mich vor und fange an, sie auf einem Stapel zu sammeln.

„Nein, ganz und gar nicht. Darren findet, dass es Geldverschwendung ist, und er hat wahrscheinlich recht, aber ich mag sie wirklich. Ich weiß, dass ich sie abonnieren und online ausleihen könnte, was mich wahrscheinlich einen Bruchteil dessen kosten würde, was sie jetzt kosten, aber wir müssen alle unsere Laster haben, oder?"

Sie nimmt die Coast in die Hand und starrt wehmütig auf das weitläufige Haus auf dem Cover.

„Könntest du dir vorstellen, in so etwas zu leben? Mit all dem Glas? All die Natur, die dich von allen Seiten umgibt?"

Ich schüttele den Kopf.

„Ich weiß, dass du im Vergleich zu diesem hier ein wirklich großes Haus hast, und ich kann nur davon träumen, in etwas so Großem und Komfortablem wie deinem zu leben."

Ich nicke ihr leicht zu und sage: „Wenn ich dir erzählen würde, wie schwer es in letzter Zeit war, die Hypothek zu bezahlen, wärst du wahrscheinlich nicht so neidisch."

Ich meine das als Scherz, aber es kommt ziemlich plump und privilegiert rüber. Ich wünsche mir sofort, dass ich es zurücknehmen könnte.

„Manchmal können wir nicht einmal die Hypothek bezahlen", sagt sie lachend, und ich merke, dass sie bei ihrem Date ein paar Drinks getrunken hat.

Sie ist jetzt lockerer, lässiger, und ich merke, dass es etwas ist, das sie nicht oft ist.

„Ah, ich fühle mich so … locker. Ich weiß nicht mal, was ich sagen soll."

„Dir geht's gut", sage ich und wedle mit der Hand.

Sie schaut auf das Cover der Zeitschrift und drückt es fest an ihre Brust.

„Es wäre schön, über solche Dinge nachzudenken, meinst du nicht? Zum Beispiel, wie es wäre, dort zu leben? Es geht nicht einmal wirklich um das Geld, sondern einfach nur darum, diese Ecke der Welt zu haben, die ganz dir gehört. Ich wette, dass sie von ihrem Deck aus Wale und Delfine sehen können. Man könnte Möwen beobachten, die vorbeifliegen, und vielleicht könnte man sogar direkt in den Wellen fischen gehen."

„Das klingt schön", sage ich und nicke, denke aber nur an Tyler.

Nachdem ich mich verabschiedet habe und Libby versucht, mich zu bezahlen, stecke ich ihr das Geld zurück in die Tasche und sage ihr, sie solle sich schlafen legen.

„Ich fühle mich schlecht", sagt Libby. „Du machst diese ganze kostenlose Sprachtherapie und jetzt babysittest du auch noch umsonst. Das gibt mir das Gefühl, dich auszunutzen."

„Du tust alles andere, als mich auszunutzen", sage ich, ziehe sie dicht an mich heran und sehe ihr direkt in die Augen. „Du warst für mich da, als ich ein Kind war, und du warst für mich da, als ich weinend wegen des Rückfalls meiner Mutter hierherkam. Das bedeutet mir sehr viel. Das ist nur meine Art, dir Danke zu sagen."

ALS ICH NACH HAUSE KOMME, bleibe ich die halbe Nacht wach und denke über Tyler nach. Ich versuche immer wieder, online etwas über Oliver zu finden, aber ich finde nichts Handfestes oder gar Interessantes.

Ich schlafe kaum ein paar Stunden und mache mich dann wieder an die Arbeit, um Lebensläufe zu bearbeiten und Leuten beim Schreiben von Anschreiben zu helfen. Es ist ironisch, dass ich damit meinen Lebensunterhalt verdiene, während ich selbst keinen Job finden kann.

Ich habe eine weitere Person, die daran interessiert ist, mit mir Logopädie zu machen, und ich mache eine kurze Telefonsitzung mit der Mutter.

Wir machen Pläne für eine persönliche Sitzung im Laufe dieser Woche. Am Nachmittag verbringe ich viel Zeit im Auto zwischen den Terminen und meine Gedanken schwirren zwischen Tyler und meiner Mutter hin und her.

Ich habe immer noch nicht mit ihr gesprochen, seit ich sie in ihrem Rausch erwischt habe. Ich weiß nicht, was in dieser Nacht passiert ist. Ich weiß nicht, ob sie komplett in die Abgründe ihrer Sucht abgetaucht ist oder ob es nur ein einmaliger Fehltritt war.

Der Grund, warum ich mich nicht gemeldet habe, ist, dass ich zu viel Angst davor habe, es herauszufinden.

10

ISABELLE

Ich würde lügen, wenn ich sagen würde, dass mich das Wiedersehen mit meiner Mutter nicht zu Tode erschreckt hat. Alles war so lange so gut, und dann bin ich plötzlich wieder ein Kind, das Angst hat, nach Hause zu gehen und herauszufinden, dass meine Mutter über Nacht eine Fremde geworden ist.

Wenn sie trinkt, wird sie wütend. Wenn sie Drogen nimmt, wird sie unberechenbar. Wenn sie zockt, wird sie verzweifelt.

Es gibt Höhen und Tiefen bei jeder Sucht, und jetzt, wo sie wieder auf diesem Weg ist, weiß ich nicht, was ich vorfinden werde, wenn ich sie wieder sehe, aber ich kann das nicht so auf sich beruhen lassen. Ich muss zumindest versuchen, sie wieder zu einer Therapie zu bewegen.

Als ich sie das erste Mal fand, war ich so wütend und am Boden zerstört, dass ich die Nacht in Libbys Haus verbrachte und dann noch eine weitere Nacht, um zu versuchen, das alles aus meinem Kopf zu verdrängen. Ich kann das nicht mehr tun. Ich liebe sie und ich will, dass sie die beste Version ihrer selbst ist.

Ich fahre rüber zu Benjamins Haus, ihrem neuen Wohnsitz. Ich erinnere mich, wie ich noch vor ein paar Monaten so glücklich war, dass sie bei ihm einzog. Er schien so stabil und selbstbewusst und so ganz anders als all ihre anderen Freunde.

Ich gehe die Treppe hinauf und klopfe an die Tür, aber es ist niemand zu Hause. Die Vorhänge sind zugezogen, was kein gutes Zeichen ist. Als sie zusammengezogen sind, hat sie davon gesprochen, wie dunkel das Wohnzimmer war und dass sie vorhatte, alles in strahlendem Elfenbeinweiß zu streichen. Die Vorhänge waren zwar da, aber sie waren selten geschlossen.

Jetzt sind sie es und es ist noch nicht einmal spät. Süchtige halten gerne die Vorhänge geschlossen und halten die Welt draußen. Auf

diese Weise kann es immer Nacht sein und sie
können immer tun, was sie sich vorgenommen
haben.

Ich gehe um das Haus herum, klopfe an die
Fenster und spähe hindurch, aber es scheint
niemand zu Hause zu sein.

Ich fahre hinüber zur örtlichen
presbyterianischen Kirche, von der ich weiß, dass
sie dort zu ihren AA-Treffen gegangen sind. Hier
haben sie sich kennengelernt und das Sechs-Uhr-
Treffen fängt gerade an. Auf dem Basteltisch an
der einen Seite stehen alter Kaffee und schale
Donuts, und Leute, die aussehen, als wären sie des
Lebens überdrüssig, versammeln sich, um sich satt
zu essen.

Ich halte nach meiner Mutter Ausschau, aber
ich sehe sie nirgends

Ich schaue nach Benjamin. Er ist auch
nicht da.

Ich frage ein paar Leute nach ihrem Verbleib,
aber niemand weiß etwas. Ich sage ihnen nicht,
warum ich frage, denn alle hier wissen es schon.
Sie haben einen Fehler gemacht.

Sie konnten dem Rausch nicht widerstehen.
Wahrscheinlich verstecken sie sich irgendwo, wo
niemand sie finden kann.

Als ich zum Auto zurückkehre, versuche ich zu überlegen, was ich sonst tun soll. Ich habe keinen Zugang zu Moms Kreditkarten, also weiß ich nicht, wie ich ihre Ausgaben verfolgen kann oder sogar in welchem Teil der Stadt sie Dinge kauft. Natürlich würde sie ihre Drogeneinkäufe nicht über ihre Kreditkarte abrechnen, aber vielleicht geht sie für ein paar Kleinigkeiten in den Supermarkt.

Ich erwäge, zur Polizei zu gehen, aber nur kurz. Es hat keinen Sinn.

Wenn das noch eine Weile so weitergeht, werden sie sie wahrscheinlich sowieso finden und ich werde ihnen nicht dabei helfen, sie ins Gefängnis zu stecken. Jedenfalls jetzt noch nicht.

Sie ist nicht so nah am Tod oder auf einer Abwärtsspirale und ich hoffe, dass ich sie da rausholen kann, bevor das passiert.

ICH STARTE den Motor und fahre rüber zur *Cheesecake Factory*. Mom arbeitet hier seit fast einem Jahr und ich kenne ein paar ihrer Mitarbeiter.

Ich sehe Moms Auto auf dem Parkplatz und

stoße einen Seufzer der Erleichterung aus.
Wenigstens hat sie noch ihren Job. Als ich
reinkomme, frage ich die Kellnerin, ob sie jetzt
arbeitet, und sie findet sie im hinteren Teil.

„Was machst du denn hier?", fragt Mom.

Ihre Stimme ist streng und missbilligend.

„Ich wollte dich sehen. Ich wollte sehen, wie es
dir geht."

„Mir geht es sehr gut. Das ist meine
Arbeitsstelle. Du brauchst dir keine Sorgen zu
machen."

Sie redet mit mir wie mit einer Fremden, einer
sehr unhöflichen und unerwünschten Fremden.
Ich weiß, dass sie versucht, mich loszuwerden,
und ich will meine Grenzen nicht überschreiten
oder eine Szene machen. Ich möchte ihre Arbeit
nicht gefährden.

Ein paar Mitarbeiter gehen an uns vorbei und
sehen uns aus den Augenwinkeln an. Ich nehme
einen tiefen Atemzug.

Sie sieht müde und erschöpft aus. Ihre Haut
ist fahl und sie hat Gewicht verloren.

Sie war schon immer dünn und fit, aber sie
sieht nicht gesund aus. Weit entfernt davon.

„Isabelle, mir geht's gut."

„Was ist mit dem, was mit Benjamin passiert

ist?", flüstere ich, weil ich nicht will, dass jemand hört, worüber wir reden.

„Nichts ist mit Benjamin passiert. Wir hatten nur eine Nacht Spaß."

„Bist du jetzt okay? Nimmst du … es immer noch?" Die letzten Wörter sage ich im Flüsterton.

Ich weiß, dass es unangekündigte Drogenkontrollen gibt, und das Letzte, was ich tun möchte, ist, sie bei ihrem Arbeitgeber zu verpfeifen.

„Wovon redest du überhaupt?", sagt sie und verschränkt die Arme vor der Brust. „Wie kannst du es wagen, mir so etwas zu unterstellen!"

Ich weiß nicht, ob sie nur versucht, ihren Arsch zu retten, oder ob sie es tatsächlich ernst meint und es leugnet. Ich atme noch einmal tief ein und atme ganz langsam aus.

Als ich den Mund öffne, um noch etwas zu sagen, packt sie mich am Arm und schiebt mich durch die Eingangstür hinaus. Ich folge ihr um das Gebäude herum in die Gasse, wo sie mir den Finger ins Gesicht hält.

„Was zum Teufel machst du hier? Warum verfolgst du mich? Willst du, dass ich gefeuert werde?"

Die Wut in ihren Augen ist schwer zu

beschreiben, aber ich weiß, dass das nicht wirklich sie ist, die da spricht. Irgendetwas stimmt mit ihr biochemisch nicht und das ist eine Folge der Drogen.

„Was nimmst du? Was nehmt ihr zwei?"

„Das geht dich nichts an", sagt sie und spricht undeutlich.

Im schummrigen Licht des Restaurants habe ich das vorher nicht gesehen, aber ihre Augen sind nicht auf meine gerichtet. Sie blicken irgendwo an mir vorbei. Ihre Haut hat einen fast blaugrünen Schimmer und ihre Lippen sind dünn, geschürzt und nicht so prall wie sonst. Sie sieht aus, als wäre sie in den letzten Tagen um etwa zehn Jahre gealtert, und das ist wahrscheinlich eine Folge der schlaflosen Nächte.

„Nimmst du Meth?", frage ich wieder mit gesenkter Stimme, weil ich nicht will, dass uns jemand hört.

„Das geht dich nichts an."

„Ist das der Grund, warum du nicht schlafen kannst? Bist du deshalb so aufgekratzt?"

„Halt den Mund, verdammt!"

Sie kommt ganz nah an mich heran, und ich kann den Gestank ihres Zigarettenatems riechen. Sie hebt ihre Hand und ich mache mich auf einen Hieb gefasst. Es wäre nicht das erste Mal, dass sie mich schlägt.

Es ist etwas, was mir als Kind ziemlich oft passiert ist, immer wenn ich etwas gesagt habe, mit dem sie nicht einverstanden war. Ich bin das von Mom gewöhnt.

Mir ist jetzt klar, dass ich die ganze Zeit, in der sie clean und glücklich war, nur darauf gewartet habe, dass dieser Teufel zurückkommt.

Sie schlägt mich nicht.

Stattdessen schlingt sie ihre Arme um sich und flüstert: „Mir geht es gut. Du musst gehen, wenn du nicht willst, dass ich gefeuert werde."

Ich gebe ihr Freiraum. Ich weiß, dass sie unter Einfluss von Drogen steht. Ich weiß, dass sie nur versucht, sich so gut es geht an der Welt festzuhalten, und ich weiß auch, dass es wahrscheinlich lange dauern wird, bis sie zu irgendeiner Art von Entzug oder Reha ja sagen wird.

Nachdem Mom weggegangen ist, lehne ich mich an das Gebäude und rutsche ganz nach unten auf den Boden und vergrabe meinen Kopf in meinen Händen.

Tränen laufen mir über die Wangen. Ich sollte nach Hause fahren und wieder an die Arbeit gehen. Ich sollte mehr Videos machen, um neue Kunden zu finden. Ich sollte aufhören, über die schlechten Entscheidungen meiner Mutter nachzudenken und darüber, wie viel schlimmer es wahrscheinlich noch werden wird, bevor es besser wird.

Leider kann ich keines dieser Dinge tun.

Das Einzige, woran ich denken kann, ist Oliver Beckett.

11

TYLER

An dem Morgen, nach dem alle Papiere unterschrieben sind und der Yachthafen und das Hotel offiziell auf meinen Namen laufen, mache ich mich an die Arbeit.

Ich gehe mit einem Klemmbrett um das Hotel herum und mache mir Notizen über all die Dinge, die repariert werden müssen und über all die Dinge, die gereinigt werden müssen.

Da ist eine kaputte Straßenlaterne. Es gibt ein paar Schrammen an der Außenseite des Gebäudes.

Sogar die Mülleimer sind schäbig und schmutzig und sehen aus, als wären sie seit Ewigkeiten nicht mehr gereinigt worden. Es gibt

Müll auf dem Parkplatz. Nicht viel, aber er ist auffällig und hinterlässt einen schlechten Eindruck.

Ich hebe auf, was ich kann, und mache mir Notizen über alles, was sonst noch repariert und erneuert werden muss. Mr. Elliott wurde zu alt, um den Laden zu führen, und seine Söhne hatten offensichtlich kein Interesse am alltäglichen Betrieb.

Wie auch immer, ich habe andere Pläne.

Ich habe noch nie einen Yachthafen oder ein Hotel betrieben, aber ich weiß, dass die Dinge sauber und betriebsbereit sein müssen. Das Äußere ist genau so wichtig wie das Innere. Es gibt den Ton an und vermittelt den ersten Eindruck. Ich möchte, dass alle meine Gäste das Gefühl haben, dass sie in einem Fünf-Sterne-Hotel wohnen.

Als ich in die Lobby komme, brauche ich eine Minute, um alles zu erfassen. Sie ist definitiv nicht mehr zeitgemäß und verströmt das Design der 1980er Jahre in den Poconos, aber das wusste ich schon, als ich sie inspizierte.

Was mich überrascht, ist, wie schmuddelig die Wände sind und wie ungepflegt die Böden. Sie wurden zwar gekehrt, aber eine Tiefenreinigung haben sie schon lange nicht mehr durchlaufen, wenn überhaupt.

Ich berühre die vom Boden bis zur Decke reichenden Vorhänge und Staub löst sich. Ich schaue durch die Fenster und sehe eine Million Handabdrücke von Kindern, die jetzt wahrscheinlich schon erwachsen sind.

Die Mitarbeiterin an der Rezeption ist freundlich und aufgeschlossen. Ich bitte sie, die Zimmermädchen herunterzurufen. Zwei Frauen mit Schweiß auf der Stirn kommen die Treppe herunter und schütteln mir die Hand.

Nachdem ich mich vorgestellt und ihre Namen auswendig gelernt habe, stelle ich ihnen ein paar Fragen zum Tagesablauf.

„Wenn Sie uns auf einige der größten Probleme hinweisen würden, die es hier gibt, welche wären das?"

Sie tauschen Blicke aus, mustern mich und fragen sich, ob sie mir die Wahrheit sagen sollen.

„Ich bin der neue Besitzer und ich beabsichtige, aus diesem Ort das Beste zu machen, was er sein kann. Bitte zögern Sie nicht, mir alles zu sagen, was Sie als Problem sehen. Ich möchte auf alle Ihre Bedenken eingehen."

Nach all der Zeit im Gefängnis und auf der

Flucht dachte ich, dass es mir schwerfallen würde, wieder professionell zu sein.

Das Gefängnis neigt dazu, das aus dir herauszureißen. Es neigt dazu, das Schlimmste in einem hervorzubringen, aber schon nach kurzer Zeit hier fühle ich mich plötzlich in meinem Element.

„Wir haben nicht genügend Ausrüstung", sagt das jüngere Zimmermädchen.

„Was zum Beispiel?"

„Die meisten Staubsauger sind kaputt. Sie wollten, dass wir denselben Lappen benutzen, um die Toilette und das Waschbecken zu reinigen. Das ist aber nicht richtig. Außerdem haben wir nicht genügend Handschuhe."

Ich schüttele den Kopf und sage: „Sie haben eindeutig in anderen Hotels gearbeitet."

„Ja, das habe ich. Ich habe für Hilton und Marriott gearbeitet. Die waren nicht so wie hier."

„Ich weiß es zu schätzen, dass Sie mir die Wahrheit sagen und ich werde diese Probleme so schnell wie möglich beheben."

Wir sprechen noch ein wenig über ihre Bedenken und als unser Gespräch zu Ende ist, weiß ich, dass Sarah, die Jüngere, eine Zukunft als Managerin des Housekeeping hat.

Sie scheint engagiert und an ihrem Job interessiert zu sein, im Gegensatz zu ihrer Kollegin, die mich kaum anschaut und genervt von der Tatsache zu sein scheint, dass wir dieses Treffen haben.

Nachdem ich mit den Zimmermädchen gesprochen habe, mache ich mich auf den Weg zum Büro des Geschäftsführers. Wir hatten uns schon vorher kurz getroffen, bevor alles unterschrieben war, aber wir haben noch nie so offen und ehrlich miteinander gesprochen wie heute.

Sarah hatte erwähnt, dass der Geschäftsführer nie da ist und dazu neigt, den ganzen Tag in seinem Büro zu bleiben und nur die Kameras zu beobachten. Das ist nicht angemessen und ich werde mich damit nicht abfinden.

Der Geschäftsführer muss auf dem Grundstück arbeiten und alles tun, was ich heute getan habe: alles notieren, was repariert, weggeräumt und erneuert werden muss, und Anrufe tätigen, um diese Probleme zu beheben.

Ich klopfe an die Tür und als er nicht antwortet, drehe ich den Knauf.

„Entschuldigen Sie, Tim?", sage ich und klopfe erneut.

Es dauert einen Moment, bis er sich in seinem Drehstuhl umdreht und mich anschaut. Er ist eindeutig nicht glücklich über mein Erscheinen. Anstatt aufzustehen und mir die Hand zu schütteln, würdigt er mich kaum eines Blickes.

„Darf ich mich setzen?", frage ich aus Höflichkeit und nehme dann ihm gegenüber Platz.

Hinter ihm befinden sich zwei riesige Computerbildschirme und Videoeinspielungen von etwa acht Videokameras.

„Was machen Sie hier?", frage ich.

„Was meinen Sie?"

„Nun, Sie sind der Geschäftsführer. Warum sind Sie in Ihrem Büro und starren auf die Sicherheitskameras? Gibt es eine Menge Sicherheitsprobleme?"

„Nein."

„Gut. Ich habe mir überlegt, dass ich dann einen Sicherheitsmitarbeiter einstellen sollte."

„Ich weiß nicht, wovon Sie reden", sagt Tim und lehnt sich in seinem Stuhl zurück.

Er ist ein großer, rundlicher Mann mit schwindendem Haaransatz. Sein Gesicht ist fleckig und ein bisschen rot.

Er sieht erschöpft aus, obwohl er sich die

ganze Zeit, die ich hier bin, kaum bewegt hat. Auf dem Tresen stehen eine offene Packung Chips und eine Cola Light und eine große Schale mit M&Ms.

„Ich frage mich nur, warum Sie hier sind und sich Kameras anschauen, wenn wir eine Rezeptionistin haben, die das Gleiche tun kann, damit Sie Ihren Job machen können."

„Ich bin der Geschäftsführer!", sagt er überrascht.

„Ganz genau. Deshalb wollte ich mit Ihnen darüber sprechen." Ich halte mein Klemmbrett hoch und zeige ihm alle meine Notizen. „Das sind alle Probleme, die ich beim Rundgang durch das Gebäude und in der Lobby gefunden habe."

„Was erwarten Sie von mir, was ich dagegen tun soll?"

Er starrt mich mit Verachtung in den Augen an. Ich bin ungefähr fünfzehn Jahre jünger als er, aber im Gegensatz zu Mr. Elliott erwarte ich tatsächlich, dass er seinen Job macht.

Ich weiß, dass es ein sehr böses Erwachen ist, aber er muss einfach damit klarkommen.

„Tim, ich bin der neue Besitzer des Elliott Yachthafens und Hotels."

„Ja, das weiß ich", sagt er abweisend.

„Ich weiß, dass Mr. Elliott diesen Ort anders geführt hat, aber ich habe viel Geld dafür bezahlt, wahrscheinlich mehr, als er überhaupt wert ist."

„Ja, warum haben Sie das getan? Seine Söhne hätten es übernehmen sollen."

Jetzt verstehe ich es, sage ich leise zu mir selbst. Er ist ganz und gar nicht auf meiner Seite.

„Es war verfügbar, und ich bin daran interessiert, das Hotel zu seinem vollen Potenzial zu bringen. Es hat eine wunderbare Lage, aber es wurde in den letzten zehn Jahren in den Ruin getrieben. Mr. Elliott hat sein Team nicht gut geführt, aber ich habe vor, das alles zu ändern."

Tim sieht aus, als würde er mit den Zähnen knirschen.

„Ich möchte, dass Sie ein Teil des neuen Elliott Yachthafens und Hotels werden, aber wenn Sie hier weitermachen wollen, erwarte ich, dass Sie sich ändern."

„Ich würde gerne … weitermachen", sagt Tim zögernd.

„Gut", erwidere ich und nicke. „Ich habe die Liste bereits ausgedruckt und erwarte, dass Sie anfangen, einige dieser Probleme zu beheben. Ich werde in ein paar Stunden nach Ihnen sehen, und ich möchte, dass es einen Plan gibt, um das alles zu erledigen."

Er nickt und stimmt zögernd zu.

Ich gebe ihm eine Chance. Als ich ihm zum Abschied die Hand gebe, rieche ich einen Hauch von Alkohol in seinem Atem.

„Eins noch, Tim", sage ich, bevor ich aus dem Zimmer gehe. „Es wird nicht getrunken bei der Arbeit."

„Wovon reden Sie?", beginnt er zu protestieren.

Ich hebe einen Finger und schüttle den Kopf.

„Keinen einzigen Drink. Achten Sie darauf, dass Sie es nicht wieder tun."

Während ich den Flur hinuntergehe, klopfe ich mir selbst auf die Schulter, metaphorisch gesprochen.

Ich hatte noch nie die Verantwortung für so viele Leute, und ich war mir nicht sicher, wie ich mit allem umgehen würde, aber so weit, so gut.

Alle wissen, dass ich pünktlich um neun Uhr eine Mitarbeiterbesprechung abhalten werde, und sie erscheinen pünktlich.

Alle, außer Tim.

Als ich den Raum betrete, sehe ich alle fünfundzwanzig Mitarbeiter in einem Kreis zusammengedrängt. Sie teilen sich auf, als ich mich nähere, und ich stelle mich vor.

Ohne viel Zeit zu verschwenden, fange ich sofort an. „Dieser Ort hat seit vielen Jahren eine Menge Geld verloren. Die Kritiken für den Yachthafen und die Restaurants sind alle schrecklich. Das ist die schlechte Nachricht. Hier ist die gute Nachricht. Es gab eine Zeit, in der alles gut lief, und ich habe vor, diesen Ort wieder aufblühen zu lassen. Aber um das zu erreichen, werden wir eine Menge Veränderungen vornehmen müssen. Und da kommen Sie ins Spiel. Ich möchte von Ihnen hören. Wenn Sie mit irgendetwas ein Problem haben, lassen Sie es mich wissen. Ich werde Ihnen gegenüber ein offenes Buch sein und erwarte, dass Sie mir gegenüber genauso sind. Ich denke, dass wir gemeinsam diesen Ort umkrempeln und das Beste aus ihm schöpfen können."

Die Mitarbeiter applaudieren und einige kommen zu mir, um mir zu danken, dass ich hierhergekommen bin. Als ich durch den Raum gehe, mich vorstelle und allen die Hand schüttle, sehe ich aus dem Augenwinkel Tim, der schmollend am Fenster steht.

„Ist alles in Ordnung?", frage ich und gehe

direkt auf ihn zu, nachdem ich alle anderen entlassen habe, damit sie wieder an ihre Arbeit gehen.

„Ja, ich denke schon", murmelt er. Statt nach Alkohol riecht er jetzt nach Zigarettenrauch und Kaffee.

„Ich bin hier, um Ihnen zu helfen, Tim", sage ich. „Im Gegenzug brauche ich Ihre Hilfe. Wenn wir hart arbeiten, weiß ich, dass wir diesen Ort wieder zu einem wunderbaren Teil von Seattle machen können."

„Ja, ich denke schon", sagt er mit wenig Begeisterung. „Ich werde jetzt zurückgehen und versuchen, mit der Liste anzufangen."

Er sackt in seinem schlechtsitzenden Anzug in sich zusammen.

Als er die Treppe hinaufgeht, weiß ich bereits, dass er eines meiner größten Hindernisse sein wird, wenn es darum geht, dieses Hotel erfolgreich zu machen.

12

TYLER

Nach einem langen Arbeitstag, an dem ich das gesamte Gelände überprüft und riesige To-Do-Listen erstellt und dann versucht habe, all die Dinge, die erledigt werden müssen, zu organisieren und zu priorisieren, treffe ich mich mit Rachel in einer Bar in der Nähe des Seattle General.

Dies ist der lokale Treffpunkt für alle Ärzte und Krankenschwestern, die im Krankenhaus arbeiten. Ich hatte erwartet, dass es eine Art Spelunke ist, aber das ist es nicht wirklich.

Sie ist schick und modern mit großen Fenstern. Es regnet wieder, nieselt, aber dieses Wetter ist so üblich im Pazifischen Nordwesten, dass es niemand erwähnt.

Als ich ankomme, sehe ich Rachel an der Bar sitzen und Hof halten. Sie ist von Leuten umgeben. Auf beiden Seiten stehen Leute und andere stehen im Halbkreis um sie herum und hängen an jedem ihrer Worte.

Das mag ich an Rachel.

Es ist nicht nur, dass sie unabhängig ist, sondern auch, dass sie kontaktfreudig ist. Ich bin unabhängig, aber nicht wirklich kontaktfreudig.

Ich kann mich dazu zwingen, freundlich zu sein und mich nicht wie ein Mauerblümchen zu verhalten, aber tief im Inneren mag ich es, meine Nächte ruhig und allein zu verbringen. Ich stehe nicht wirklich auf Partys und das ist genau der Grund, warum ich mit ihr zusammen bin.

Isabelle war mir sehr ähnlich. Sie war ruhig und wenn wir zusammen waren, hatte ich das Gefühl, wir wären in einem Kokon.

Das ist nicht gut ausgegangen.

Ich schaue zu Rachel hinüber und küsse sie auf den Mund. Als sich unsere Lippen berühren, tauchen meine Gedanken über Isabelle auf, aber nur kurz. Das ist mein Problem. Sie verfolgt mich. Wenn es nicht um diesen Job und diese Beziehung ginge, wäre sie das Einzige, woran ich denken würde.

Bevor ich Rachel traf, lebte ich in einem schwarzen Loch. Ich hatte meine Wohnung und ich hatte meine Arbeit, aber das war es. Ich kannte niemanden und wollte auch niemanden kennen. Ich war besessen davon, einfach zu Hause zu bleiben und Geld zu verdienen. Nach einer Weile merkte ich, dass dieses Leben nicht zukunftsfähig war.

„Du siehst toll aus", sagt Rachel und kuschelt sich an mich.

Ihr Haar fällt auf meine Schulter und ich berühre mit meinen Fingerspitzen seine Weichheit. Ich drücke sie leicht und bestelle einen Whiskey on the rocks.

Ich habe ihre Freunde schon kennengelernt. Sie sind nett und lustig, genau wie sie. Sie scheinen alle der gleichen Philosophie zu folgen: hart arbeiten, noch härter feiern.

Nach jahrelanger Ausbildung sind sie an sehr wenig Schlaf gewöhnt, und lange Schichten im Krankenhaus halten sie nicht davon ab, sich nach Feierabend für ein paar kurze Stunden zu vergnügen.

Als wir uns das erste Mal trafen, war ich noch im Daytrading tätig und meine Arbeitszeiten waren flexibel. Ihre sind es nicht. Sie muss jeden

Tag zur gleichen Zeit ins Krankenhaus kommen, je nach Schichten, und manchmal arbeitet sie Doppelschichten.

Wenn ich an ihrer Stelle wäre, würde ich wahrscheinlich im Bett liegen und mich ausschlafen, aber sie scheint von dem Tempo angetrieben zu sein.

„Und, wie läuft es im Yachthafen?", fragt Rachel mit leicht gehobener Stimme. „Er hat einen Yachthafen gekauft. Habt ihr das gewusst?", erzählt sie ihren Freunden.

„Nein, wirklich? Welchen denn?"

„Elliott Marina and Hotel", sage ich, nachdem ich einen Schluck genommen habe.

„Ernsthaft?", sagt Michael. Er ist ein großer Typ mit markanten Gesichtszügen, blauen Augen und einem jungenhaften Grinsen.

Ich nicke.

„Du hast das ganze Geld mit Trading verdient? Du musst mir zeigen, wie man es macht. Das Gehalt, das ich hier bekomme, macht mich nicht gerade zum Millionär."

Michael ist Rachels Ex-Freund. Sie waren eine Zeit lang zusammen und haben dann beschlossen, Freunde zu bleiben.

Er ist Kinderarzt, läuft Marathon, ist

semiprofessioneller Skifahrer und immer auf der Suche nach einem neuen Projekt, um seine Stunden zu füllen.

Er ist freundlich und nett, aber es ist mir nicht entgangen, wie er Rachel ansieht. Sie waren im College zusammen und dann noch einmal während des Medizinstudiums. Jetzt arbeiten sie im selben Krankenhaus.

Sie verspricht mir, dass da nichts zwischen ihnen läuft und dass sie nie wieder eine Beziehung mit ihm in Betracht ziehen würde. Michael ist ein Schürzenjäger und hat sie mehr als ein paar Mal betrogen.

Trotzdem bin ich auf der Hut.

„Es gibt nicht wirklich einen Trick beim Daytrading", sage ich und hole noch eine Runde für alle ihre Freunde. „Es ist eher eine Menge Recherche und Analyse von Firmen. Man verfolgt, was sie tun, wer das Sagen hat und wie ihre Zukunftsaussichten sind. Dann schließt du Wetten ab und hoffst, dass sie sich auszahlen."

„Du sagst also, es ist wie ein Glücksspiel?", fragt Michael.

„Es ist ein bisschen wie Glücksspiel. Nur dass man, wenn man eines Tages tatsächlich viel Geld verliert, diesen Verlust nicht realisieren muss und einfach hoffen kann, dass es morgen, nächste Woche, nächsten Monat wieder aufwärts geht."

„Warum fragst du ihn das alles?", fragt Rachel Michael. Ihr Tonfall ist freundlich, aber skeptisch.

„Nun, Oliver hat damit eine Menge Geld verdient. Genug, um einen verdammten Yachthafen zu kaufen."

„Mit einem Hotel und zwei Restaurants", stellt Rachel klar und streckt ihren Zeigefinger in die Luft.

Alle lachen, bis auf Michael.

„Ich war auf der Suche nach einem neuen Hobby, und das könnte genau das Richtige sein."

„Na ja, du hast ja auch die ganze Zeit frei", sagt Rachel, legt den Kopf zurück und lacht.

„Das Krankenhaus lässt dich wohl nicht hart genug arbeiten", sagt jemand anderes.

Es ist ein ständiger Witz, darüber, wie unterbesetzt das Krankenhaus ist, der nicht besonders lustig ist. Sie brauchen mehr Ärzte und Krankenschwestern, weil die wenigen Leute, die dort arbeiten, viel zu viele Schichten übernehmen müssen. Da es nicht genug Personal gibt, neigen die Leute dazu, das Krankenhaus zu verlassen und sich woanders Arbeit zu suchen, was noch mehr Arbeit für die Zurückgebliebenen bedeutet.

Rachel und ich sind noch nicht sehr lange zusammen, aber wir haben uns schon ein paar Mal über die Menge an Arbeit unterhalten, die sie macht, und darüber, wie untragbar das auf lange Sicht ist. Sie genießt es jetzt und sie mag die Erfahrung, aber sie weiß nicht, wie sie es in der Zukunft bewältigen würde.

Sie redet natürlich über *unsere* Zukunft.

Heirat.

Kinder.

Sie deutet etwas an, aber ich habe auf ihre Andeutungen noch nicht reagiert. Ich bin noch nicht so weit.

Ich habe es ihr noch nicht gesagt, aber ich bezweifle, dass ich es je sein werde.

Sie weiß nicht, dass ich schon verheiratet war und schon versucht habe, mit jemandem Kinder zu bekommen. Sie weiß nichts von meinem alten Leben, denn das war nicht Olivers altes Leben.

Oliver ist ein Waisenkind ohne viel Familie oder viele Freunde. Oliver hat seinen Abschluss an der University of California, Santa Cruz, gemacht und nicht an der University of Pennsylvania.

Oliver war noch nie an der Ostküste.

Oliver mag Zahlen, Fakten und Aktien nur,

weil Tyler es früher auch tat. Es gibt Teile von mir, die Teile von Tyler sind, aber hauptsächlich ist Oliver ein unbeschriebenes Blatt.

Ich habe ihn erfunden, so wie man es macht, wenn man ein Buch schreibt. Tatsächlich habe ich ein Notizbuch, in dem ich alle Details festhalte.

Ich weiß einige allgemeine Dinge über Olivers Leben, die ich mir ausdachte, als ich diese Identität begann, aber andere Dinge kommen in einer Unterhaltung zur Sprache, besonders wenn man mit jemandem intim ist.

Ich erzählte ihr Details über Olivers Highschool-Erfahrung und wie er gemobbt wurde. Das ist nicht etwas, das mir in der Schule passiert ist, sondern etwas, das mir passiert ist, als ich erwachsen war.

Ich erzählte ihr, wie Oliver beschuldigt wurde, eine Waffe mit in die Schule gebracht zu haben, obwohl es jemand anderes gewesen war und sie in seinem Spind deponiert hatte.

Ich erzählte ihr davon, wie Oliver vor einem Gremium verurteilt wurde, suspendiert wurde und wie jeder glaubte, dass er diese schreckliche Sache getan hatte, obwohl er es in Wirklichkeit nicht getan hatte.

Das war meine Art, ihr zu erzählen, was mir

als Tyler passiert ist, ohne ihr wirklich die Wahrheit zu sagen.

Das Notizbuch, das ich führe, enthält diese Details zusammen mit ein paar anderen. Die Geschichte mit der Waffe werde ich nicht vergessen, aber andere könnte ich vergessen. Das ist meine Art, den Überblick zu behalten.

Sobald ich mich an diese Geschichten erinnere und sie Teil dessen werden, was ich jetzt bin, werde ich dieses Notizbuch vernichten. Es ist der Beweis für all meine Lügen und ich kann nicht lange daran festhalten.

Die Wahrheit hat ihre Art, an die Oberfläche zu kommen, und wenn es um meine Vergangenheit geht, werde ich alles tun, um sie geheim zu halten.

Ich hole mir noch einen Drink und spreche mit einigen von Rachels Freunden über die Arbeit. Ich weiß sonst nichts über sie, also frage ich sie nach der Arbeit und sie freuen sich darüber die Details zu teilen.

Als das Gespräch etwas abflaut, schaue ich nach Rachel und sehe sie am Ende der Bar mit Michael. Er hat seinen Arm um sie gelegt, als würde er versuchen, sie von etwas zu überzeugen und sie schüttelt immer wieder den Kopf und lacht.

Ich beobachte, wie er auf die Bühne zeigt und mir wird klar, dass er sie einlädt, mit ihm Karaoke zu singen. Sie erwähnte einmal, dass das etwas ist, was sie früher im Medizinstudium zusammen gemacht haben, und ich weiß, dass sie ein bisschen mehr flüssigen Mut in sich braucht, um auf die Bühne zu gehen.

Schließlich gibt sie nach.

Er zwinkert mir zu, als er ihre Hand ergreift, sie nach oben zieht und ihr das Mikrofon reicht.

Sie lacht und trinkt den Shot, den sie in der anderen Hand hält. Ich winke ihr zu und sie winkt zurück, schüttelt den Kopf und sieht sichtlich verlegen aus.

Was mir auffällt, ist, dass sie nicht wirklich so aussieht, als wolle sie nicht dort sein. Rachel mag es, im Mittelpunkt zu stehen, aber sie weiß auch, dass jemand, der die ganze Zeit im Mittelpunkt stehen will, manchmal ein bisschen nervig sein kann.

Deshalb braucht sie jemanden wie Michael, der sie nach außen drängt und sie ermutigt.

Als die Musik einsetzt, erkenne ich das Lied sofort. Es ist „Shallow", das ursprünglich von

Bradley Cooper und Lady Gaga in *A Star Is Born* gesungen wurde.

Michael singt zuerst und seine Stimme ist tief und stark, erinnert tatsächlich ein wenig an die von Bradley Cooper. Er ist nicht der übliche Karaoke-Sänger. Er ist selbstbewusst, nicht nur, weil er ein bisschen beschwipst ist, sondern weil er tatsächlich ein guter Sänger ist.

Ich schaue zu Rachel hoch, die sich ein wenig auf ihrem Platz windet. Lady Gaga ist eine Herausforderung, aber niemand in der Bar erwartet, jemanden zu hören, der auch nur annähernd gut singt.

Als sie an der Reihe ist, führt sie das Mikrofon an ihren Mund und sobald sie den ersten Ton trifft, bin ich sofort hin und weg. Ihre Stimme ist tief und kraftvoll. Sie hat eine Kraft, die schwer zu beschreiben ist und die mir einen Schauer über den Rücken jagt.

Während sie singen, sehen sie sich an wie zwei verliebte Menschen. Nach außen hin sieht es so aus, als ob es nur für die Show ist. Sie spielen zwei verliebte Menschen, die das Duett aus einem der romantischsten Filme des letzten Jahrzehnts nachspielen.

Direkt unter der Oberfläche sehe ich etwas anderes.

Ich sehe zwei Menschen, die sich gegenseitig sehr verletzt haben und das wahrscheinlich bereuen.

Vor allem aber sehe ich zwei Menschen, die sich gegenseitig vermissen.

Das ist schwer zuzugeben, weil kein Freund den Mann sehen will, mit dem seine Freundin zusammen sein will, aber das ist es, was ich da oben auf der Bühne sehe.

Ich sehe das, weil das da oben Isabelle und ich sein könnten, ohne das Karaoke. Wenn Isabelle hier wäre und wir uns in die Augen sehen würden, würden wir den Rest der Leute im Raum für ein paar Minuten vergessen.

So würden wir aussehen. Trotz der Verletzungen und des Schmerzes, den wir uns gegenseitig zugefügt haben, würden wir uns so ansehen.

„Mach dir bitte keine Gedanken darüber", sagt Liza, eine Krankenschwester und eine ihrer engsten Freundinnen, und flüstert mir ins Ohr: „Zwischen denen läuft nichts."

„Stimmt", sage ich achselzuckend.

Sie sieht mich an und ich merke, dass sie weiß, dass ich lüge.

„Im Ernst, das ist nur gespielt. Zumindest von ihrer Seite."

„Was meinst du?", frage ich.

„Michael ist ein Arschloch. Sie sind jetzt befreundet, aber sie versucht nur, nett zu sein, weil wir alle zusammenarbeiten. Weißt du, was er mit ihr gemacht hat?"

„Sie hat erwähnt, dass er sie betrogen hat."

„Er hat sie *oft* betrogen. Sie haben sich immer wieder versöhnt und getrennt. Er hat sie betrogen, als sie getrennt waren, und er hat sie betrogen, als sie zusammen waren. Manchmal hat sie ihn rausgeschmissen, aber oft hat sie ihn zurückgenommen. Sie sind schrecklich zusammen."

Ich nicke.

„Du glaubst mir nicht?", fragt Liza.

Ich zucke mit den Schultern, nicht sicher, wie ich darauf reagieren soll.

„Ich darf dir das eigentlich nicht sagen, aber Rachel war schwanger. Sie waren zusammen und sie wurde schwanger. Sie hatte den Verdacht, dass er sie betrügt, also ist sie ihm irgendwo hin gefolgt und hat ihn auf frischer Tat ertappt. Sie war so verzweifelt, dass sie in dieser Nacht eine Fehlgeburt hatte."

„Wow", sage ich und schüttle den Kopf. „Das ist wirklich beschissen."

„Ich weiß, dass sie da oben gerade glücklich aussehen, aber das ist nur Show. Sie hat ihm nichts von alledem verziehen. Sie versucht nur, weiterzumachen."

„Ich verstehe", sage ich und glaube ihr endlich.

„Ich habe Rachel noch nie so glücklich gesehen", fährt Liza fort, um ihren Standpunkt zu verdeutlichen. „Sie ist so entspannt mit dir. Sie macht sich um nichts Sorgen. Du bist wie ein Fels, und das weiß sie."

„Ich würde sie nie betrügen", sage ich kategorisch.

„Das weiß sie und das weiß sie wirklich zu schätzen."

Als das Lied endet, umarmt Michael sie herzlich und versucht, sie auf den Mund zu küssen, aber sie zieht sich zurück.

Stattdessen hüpft sie in meine Arme und schließt mich in eine Umarmung.

„Ich hatte keine Ahnung, dass du so gut singen kannst", sage ich und küsse ihren Kopf.

„Ja. Ich habe viel Unterricht genommen, als ich ein Kind war."

„Wolltest du es jemals weiterverfolgen?"

„Was? Singen?" Sie sieht mich an, als wäre das die absurdeste Sache der Welt.

Ich zucke mit den Schultern und sage: „Es gibt Menschen, die als Sänger arbeiten, weißt du."

„Ich weiß, aber es ist nichts Ernstzunehmendes."

„Ich weiß nicht, du siehst aus, als würdest du … da oben strahlen."

„Es tut mir leid, dass ich das Lied mit ihm gesungen habe", sagt sie leise und wendet ihren Blick von mir ab.

Sie sieht aus, als hätte sie ein schlechtes Gewissen, obwohl ich weiß, dass sie nichts falsch gemacht hat.

Ich lege meinen Finger unter ihr Kinn, zwinge sie, mich anzusehen, und sage: „Du warst wunderbar, und ich würde dich gerne wieder singen hören."

„Du bist nicht sauer?", fragt sie und sieht aus wie ein traumatisiertes Hündchen.

„Nein. Warum sollte ich sauer sein?"

„Ich hatte keine Ahnung, dass er dieses Lied

auswählen würde, bis wir dort oben waren. Wir haben früher oft Karaoke gesungen, aber wir haben immer irgendeinen lustigen Song genommen, nicht diesen. Ich hatte keine Ahnung, dass er diesen Song aussuchen würde."

„Ich weiß nicht, warum du so besorgt bist", sage ich so lässig wie möglich. „Ich vertraue dir. Du warst unglaublich. Ich habe eine Gänsehaut bekommen."

Das scheint sie zu beruhigen, und sie setzt ein großes, breites Lächeln auf ihr Gesicht. Sie lehnt sich an meine Schulter, sieht mir in die Augen und wirkt völlig entspannt.

Sie hat mir nie die Details dessen erzählt, was mit Michael passiert ist, aber jetzt, da Liza es getan hat, wird mir klar, wie verletzt sie gewesen sein muss.

Ich bin überrascht, dass sie überhaupt in der Lage ist, mit ihm im selben Raum zu sein. Beziehungen sind kompliziert und schwer einzuschätzen. Zum Beispiel scheinen Rachel und ich oberflächlich betrachtet das perfekte Paar zu sein. Wir kommen gut miteinander aus, wir lachen, wir haben Spaß. Ich liebe es, mit ihr zusammen zu sein.

Die Wahrheit ist, dass manchmal, wenn ich

meine wandernden Gedanken nicht unter Kontrolle habe, sie trotzdem zu Isabelle zurückkehren.

Sie hat mich hintergangen.

Sie hat mich angelogen.

Sie ist weggelaufen und hat mein ganzes Geld genommen.

Trotzdem denke ich an sie.

Trotzdem frage ich mich, wo sie ist und wie es ihr geht.

Trotzdem vermisse ich sie.

Trotzdem liebe ich sie.

13

ISABELLE

Es ist eine Woche her, dass ich meine Mutter bei ihrer Arbeit besucht habe und es ist eine Woche her, dass wir miteinander gesprochen haben. Ich habe versucht, sie zu erreichen, aber sie hat auf keinen meiner Anrufe reagiert.

Ich weiß, dass sie mir aus dem Weg geht und ich weiß, dass ich ihrer Sucht und ihrem Ärger aus dem Weg gehe.

Deshalb gehe ich auch nicht zu ihr nach Hause.

Ich sehe Libby fast jeden zweiten Tag, wenn ich meine Treffen mit Kylie habe. Ihre Sprachfähigkeiten verbessern sich mit

Riesenschritten, aber sie hat noch einen langen Weg vor sich. Sie ist jetzt in der Lage, ihre Lippen zusammenzupressen und Seifenblasen zu pusten, etwas, das sie vor zwei Monaten noch gar nicht konnte. Wir arbeiten jetzt daran, die „p"- und „b"-Laute zu bilden, aber wir kommen nicht so schnell voran.

Nach unserem Training bittet mich Libby eines Abends, zum Abendessen zu bleiben, da Darren länger arbeitet.

Sie fragt mich, ob ich mit jemandem zusammen bin, und als ich nein sage, fragt sie mich nach Tyler.

„Ich weiß, dass du ihn vermisst, aber du solltest wirklich darüber nachdenken, weiterzuziehen."

„Nein, damit hat es nichts zu tun", lüge ich. „Es ist nur so, dass ich sehr beschäftigt bin und keine Zeit hatte."

Sie nickt verständnisvoll, ist aber offensichtlich nicht überzeugt. Sie fragt mich mehr über Tyler und darüber, was für ein Mann er ist.

Als ich ihr von einigen der albernen und lustigen Dinge erzähle, die wir zusammen gemacht haben, und wie sehr er mich zum

Lachen gebracht hat, bin ich versucht, ihr von Oliver zu erzählen.

Ich habe mir die Silhouette von ihm in dem Zeitschriftenartikel und das Bild von der Seite, das ich online gefunden habe, eine Million Mal angeschaut, aber ich bin nicht mehr davon überzeugt, dass er es tatsächlich ist, weder auf dem einen Bild noch auf dem anderen.

Natürlich möchte ich, dass er es ist. Wohlhabend, etabliert und das Luxusleben an der anderen Küste genießend?

Das ist die Art von Leben, die ich mir vorstellen möchte, dass er es hat. Unter Menschen zu leben, in der Öffentlichkeit herumzulaufen, sich vor niemandem zu verstecken.

Wie könnte er das sein?

Wie könnte das niemand wissen?

Jedes Mal, wenn ich Libby sehe, will ich ihr die Wahrheit über Tyler sagen. Ich will ihr von meinem Verdacht erzählen, aber etwas hält mich zurück.

Sie weiß bereits zu viel und obwohl ich weiß, dass ich ihr vertrauen kann, frage ich mich, ob es eine Grenze für dieses Vertrauen gibt. Heute ist es nicht anders.

Ich beiße mir auf die Zunge und versuche,

ruhig zu bleiben. Ich lenke das Gespräch von Tyler auf etwas anderes, aber sie merkt es und fordert mich heraus.

„Ich möchte, dass du über ihn hinwegkommst", sagt Libby. „Ich weiß, dass du ihn liebst, aber du weißt nicht, wo er jetzt ist. Höchstwahrscheinlich wirst du ihn nie wiedersehen."

„Ja, ich weiß, dass du recht hast", sage ich und nicke, denke aber insgeheim an die Möglichkeit, dass er Oliver ist. „Ich weiß nur nicht, was ich tun soll. Ich kann nicht aufhören, an ihn zu denken."

„Und wenn ich dir ein Date arrangiere?"

„Nein. Ich bin nicht in der Verfassung für ein Date."

„Ich weiß, dass du das denkst, aber es ist schon über ein Jahr her. Du hast ihn nicht gesehen und nichts von ihm gehört. Nach allem, was du weißt, könnte er … tot sein." Ihre Worte sind harsch, aber die Wahrheit ist oft schwer zu verdauen. „Ich weiß, dass du darüber nicht nachdenken willst, aber was ist, wenn er nicht mehr bei uns ist? Was, wenn du nur auf Gott weiß was wartest?"

Ich zucke wieder mit den Schultern, unfähig,

ihr alles zu sagen, was ich denke, und gleichzeitig
entsetzt über die Möglichkeit.

„Ich denke, du solltest auf ein Date gehen.
Auf *viele* Dates gehen. Finde ein paar neue
Freunde. Es ist nicht so, dass ich dich nicht gerne
hier habe, aber ich bin verheiratet und Jahre älter
als du. Du solltest dich mit Leuten deines Alters
treffen. Du solltest mit Leuten ohne Kinder
zusammen sein."

„Ich weiß", sage ich und nicke. „Ich weiß das
alles."

„Du hast eine Menge Scheiße mit deiner
Mutter durchgemacht, und das tut mir wirklich
leid, aber ehrlich gesagt, wird sich das
wahrscheinlich eine Weile nicht ändern. Sie ist
süchtig und sie wird diese Höhen und Tiefen in
ihrem Leben haben. Du musst über dein eigenes
Leben nachdenken. Vielleicht lernst du einen
netten Kerl kennen, kaufst ein Haus mit ihm
zusammen, heiratest, bekommst ein paar Kinder.
Willst du das?"

Man geht davon aus, dass jeder das will,
möchte ich ihr sagen, aber ich bin mir nicht
sicher, ob ich in diese Kategorie passe.

In der Tat, so sehr ich Kinder mag, habe ich
nie viel über die Möglichkeit nachgedacht, dass

ich eins haben könnte. Ich wollte nie wirklich ein Kind haben, so wie es die meisten Frauen tun.

Ich wollte auch nie wirklich das abstrakte Konzept einer Ehe. Ich will mit jemandem zusammen sein und nicht nur mit irgendwem.

Ich will mit Tyler zusammen sein. Er war der erste Mensch, den ich nach langer Zeit getroffen habe, der mein Herz höherschlagen ließ, und das lag nicht nur daran, dass alle Cops im Dreistaatengebiet nach ihm suchten.

„Isabelle, hast du mich gehört?", fragt Libby, und mir wird klar, dass ich schon eine ganze Weile nichts mehr gesagt habe.

„Ich weiß, dass das, was du sagst, richtig ist", sage ich leise, „aber ich habe Tyler geliebt und ich liebe ihn immer noch. Es ist schwer für mich, mir vorzustellen, mit jemand anderem auszugehen oder auch nur mit jemand anderem essen zu wollen."

„Das weiß ich, Schatz, aber manchmal ist der einfachste Weg, über jemanden hinwegzukommen, ein anderer. Ein anderer Kerl würde dich von Tyler ablenken. Er wird dich all die schlimmen Dinge vergessen lassen, die mit ihm passiert sind."

„Er hat es nicht getan", sage ich und schüttle

den Kopf. „Er hat nichts von dem getan, was sie ihm vorwerfen."

„Ich weiß. Ich weiß, dass du das glaubst, aber was, wenn er es getan hat? Was, wenn alles, was er gesagt hat, eine Lüge war?"

„Ist es das, was du denkst?", frage ich und werde wütend.

Ich lehne mich von ihr weg und ziehe die Stirn in Falten, unfähig zu glauben, was sie da gerade sagt.

„Ich weiß nicht, was passiert ist, Isabelle, aber ich möchte, dass du auf eine Art und Weise darüber denkst, die es dir ermöglicht, weiterzumachen."

„Du willst, dass ich einfach so tue, als wäre er ein Doppelmörder, damit es für mich einfacher ist, einen neuen Freund zu finden? Ungeachtet dessen, was zwischen uns passiert ist, hat er weder seine Frau noch ihren Freund getötet. Er hat für Verbrechen gesessen, die er nicht begangen hat und das ist der Grund, warum er geflohen ist. Ich weiß nicht, wo er jetzt ist, und ich weiß, dass ich weitermachen sollte, aber ich kann es nicht."

Sie nickt und ich merke, dass ich sie nicht wirklich überzeugt habe.

Ich schnappe mir ein Stück Papier von ihrem Couchtisch und einen von Kylies Buntstiften.

Ich schreibe den Namen des Podcasts und die Website des Anwalts auf, der für Tylers Unschuld plädiert.

„Dieser Typ ist von allem unabhängig. Er kennt ihn nicht im wirklichen Leben, aber er hat den Prozess beobachtet und ist überzeugt, dass Tyler unschuldig ist. Da ist noch etwas, was ich dir nicht gesagt habe. Ich weiß, dass er unschuldig ist, weil ich die Frau getroffen habe, die sein Alibi für diese Nacht war. Sie ist in eine Menge illegaler Aktivitäten verwickelt und deshalb hat er sie gedeckt. Deshalb hat sie sich nie gemeldet, aber sie hat mir die Wahrheit gesagt. Ich habe es in ihren Augen gesehen und ich glaube ihr."

Ich habe Libby schon Teile der Geschichte erzählt, aber ich hoffe, das hier überzeugt sie. Sie muss mir das mit Tyler glauben, weil ich weiß, dass es wahr ist.

Sie muss es glauben, weil ich sie auf meiner Seite brauche.

„Ich werde mir diesen Podcast anhören und die Videos ansehen", sagt Libby, „aber nur, wenn du versprichst, dich zu verabreden. Ich will, dass du jemand anderem eine Chance gibst. Auch wenn es eine schlechte Idee ist. Auch wenn es kein Match ist. Ich möchte, dass du aus dieser Misere herauskommst."

Ich denke darüber nach und gebe ihr ein Nicken.

„Gut", sage ich und wir schlagen darauf ein.

14

ISABELLE

Auf der Fahrt zurück nach Hause bin ich traurig. Ich bin Libby im letzten Jahr so nahegekommen und ich dachte wirklich, dass sie für mich da sein würde, egal was passiert.

Ich schätze, das ist sie immer noch, aber die Tatsache, dass sie das über Tyler gesagt hat, gibt mir ein ungutes Gefühl. Ich weiß, dass sie sich nur Sorgen um mich macht. Ich weiß, dass sie nur beunruhigt ist.

Ich habe nicht viele Freunde. Sie ist meine einzige und sie muss glauben, was ich glaube.

Als ich vor meinem Haus vorfahre, träume ich davon, die Wanne zu füllen und in ein heißes Bad voller Blasen zu steigen. Ich habe ein spezielles

Tablett, das genau über die Wanne passt, und eine sehr teure Kerze, auf die ich wahrscheinlich hätte verzichten sollen, aber ich konnte mich nicht davon abhalten, sie zu kaufen. Ich habe mir bereits meinen Lesestoff herausgesucht und kann mich praktisch schon unter Wasser abtauchen sehen.

Als ich über die Schwelle trete, habe ich sofort das Gefühl, dass etwas nicht stimmt.

Ich knipse das Licht an und sehe, dass der Fernseher nicht mehr an der Wand hängt. Die Halterungen sind noch da, aber er wurde abmontiert.

Meine Hände werden zu Eis.

Wer könnte das getan haben?

Und warum?

Ich gehe um das Haus herum, um den Rest des Schadens zu begutachten. Überraschenderweise fehlt sonst nichts. Es sieht nicht einmal so aus, als sei etwas kaputt gemacht worden.

Ich halte mein Handy in der Hand, mit der Nummer für den Notruf bereits gewählt. Es fühlt sich nicht so an, als wäre noch jemand im Haus, aber ich will trotzdem vorbereitet sein, also lasse ich mir Zeit und stampfe laut auf, um

zu versuchen, sie zum Verschwinden zu
bewegen.

Zuerst gehe ich schnell durch die Zimmer, um
sicherzugehen, dass tatsächlich niemand hier ist.

Dann schaue ich nach Beschädigungen. Beide
Gästezimmer sind unangetastet. Die Garage ist zu
unübersichtlich, um zu sagen, ob jemand etwas
mitgenommen hat, aber ich sehe nicht, ob etwas
fehlt.

Zum Glück hatte ich meinen Computer und
mein iPad dabei. Andere elektronische Geräte
habe ich nicht im Haus.

Ich betrachte mich in dem großen
Standspiegel im Hauptschlafzimmer und lege das
Handy auf dem Schreibtisch ab.

Sind die wirklich einfach hierhergekommen
und haben den Fernseher mitgenommen?
Warum?

Mein Fernseher ist nicht einmal so neu. Ich
habe ihn vor zwei Jahren für 500 Dollar gekauft,
aber wie viel könnte er jetzt wert sein?

Als ich an der Badewanne in meinem
Schlafzimmer vorbeigehe, höre ich sie immer
noch nach mir rufen, aber jetzt bin ich zu
entnervt, um mich auszuziehen und
hineinzusteigen.

Ich fühle mich zu verletzlich. Unsicher, was ich als Nächstes tun soll, gehe ich zu meinem Kleiderschrank und tausche meine Arbeitskleidung gegen etwas Bequemeres.

Ich finde mein Lieblings-Elefanten-Shirt nicht in der Schublade, in der ich es normalerweise aufbewahre, also schaue ich in meiner Unterwäscheschublade nach, die an der Seite ein bisschen Platz für verschiedene Dinge hat. Ich schnappe mir das T-Shirt, taste darunter herum und stelle fest, dass das Geld, das ich hier aufbewahre, weg ist.

Mein Herz setzt einen Schlag aus und dann noch einen und noch einen. Die Spitzen meiner Finger und Zehen werden zu Eis. Ich weiß sofort, wer den Umschlag mit dem Geld genommen hat.

Es ist ein Notgroschen, den ich mir seit dem College habe. Das letzte Mal, als ich nachsah, hatte ich 700 Dollar.

Das ist nicht unerheblich, aber es sind keine Lebensersparnisse. Ich fühle im Rest der Schublade herum und überprüfe dann die darunter liegende, nur um sicherzugehen, dass es wirklich weg ist.

Das ist es.

Sie haben es mitgenommen.

Mom wusste genau, wo ich ihn aufbewahrte, denn sie war diejenige, die mich angewiesen hatte, einen Umschlag wie diesen aufzubewahren, als ich in der Highschool war.

Das war ihre Art, Geld zu sparen, bevor sie ein Bankkonto hatte, und sie sagte immer, dass man nie weiß, wann man mal ein paar hundert Dollar in bar braucht.

Ich lehne mich gegen die Wand und rutsche ganz nach unten, unfähig zu glauben, was sie getan hat.

Ich weiß nicht, ob Benjamin da mit drinsteckt, aber ich würde ihm im Moment alles und nichts zutrauen. Sie hat immer noch einen Schlüssel und sie wusste, was für ein Werkzeug sie braucht, um den Fernseher unbeschädigt von der Wand zu nehmen.

Sie wusste auch genau, wo das Geld war. Das erklärt, warum sonst nichts im Haus zerstört ist, wie es der Fall wäre, wenn es ein Fremder gewesen wäre.

Ich fühle mich betrogen.

Belogen.

Ausgenutzt.

All diese Emotionen und noch viele mehr wirbeln in meinem Kopf herum und machen es mir schwer zu atmen. Es ist schwer zu erklären, wie es ist, so etwas durchzumachen.

Meine Mutter sollte mein Fels in der Brandung sein.

Sie sollte für mich da sein, egal was passiert.

Sie war nie wirklich so etwas für mich, es gab natürlich Phasen der Nüchternheit, aber da ich mich nie darauf verlassen konnte, wann genau sie nüchtern und anwesend sein würde, war sie nie jemand, auf den ich mich verlassen konnte.

Ich weiß, dass das ihre Sucht ist, die mir das antut. Ich weiß, dass es eine fortschreitende Krankheit ist. Dennoch kann ich nichts dagegen tun, wie verletzt ich mich fühle.

Dann wird es noch schlimmer.

Als ich einen Blick auf meine Kommode werfe, wird mir klar, dass sie so viel mehr als nur das Geld genommen hat.

Die Asche meines Hundes ist weg.

Ich springe auf und schaue mich nach dem kleinen Holzkästchen um, auf dessen Vorderseite ein Schloss angebracht ist und auf dessen Oberseite ihr Name eingraviert ist. Ich habe meine Hündin vor drei Jahren verloren, und seitdem habe ich ihre Asche hier aufbewahrt.

Ich habe sie nie verstreut, denn Charlie

war nie jemand, der gerne von mir getrennt war. Sie hatte ihre Lieblingsplätze, an denen sie gerne spazieren ging, aber ihr Platz war immer bei mir. Deshalb dachte ich mir, wenn ich das Haus jemals verkaufe, nehme ich sie mit.

Ich nahm sie nicht auf die Flucht mit Tyler mit. Ich ließ sie zurück, weil ich zurückkommen musste. Das Haus gehörte immer noch mir und ich wusste, dass ich eines Tages zurückkommen würde.

Mom wusste immer, wie viel Charlie mir bedeutete, und ich habe keine Ahnung, warum sie sie mitgenommen hat.

Mit Tränen der Wut im Gesicht laufe ich zu meinem Auto und steige ein, um zu Moms Haus zu fahren.

ICH ERREICHE ihr Haus in Rekordzeit, fahre viel zu schnell und überfahre sogar ein Stoppschild. Ich mache mir nicht die Mühe zu klopfen.

Ich prüfe die Türklinke, sehe, dass die Tür offen ist, und stürme hinein.

Sobald Mom mich sieht, fängt sie an zu

lachen. Ich weiß sofort, dass sie wirklich high ist, aber ich habe keine Ahnung, wovon.

Überall liegt Müll herum und es sieht aus, als hätten sie seit Wochen nicht mehr geputzt.

„Wo ist Charlie?", frage ich.

„Tot", sagt Mom und lacht.

„Wo ist ihre Asche?"

„Ich habe keine Ahnung, wovon du redest", sagt sie und lallt.

Benjamin kommt aus der Küche.

„Du hast kein Recht darauf, hier zu sein", sagt er so streng wie möglich, obwohl seine Beine unter ihm nachgeben.

„Ich werde jetzt gehen, aber ich bin hier, um Charlie zu holen."

„Wer ist Charlie?", fragt er.

„Ihr Hund, du Idiot!", schreit Mom.

„Wir haben keinen Hund."

„Du hast ihre Asche aus meiner Kommode genommen", sage ich so ruhig wie möglich und sehe mich im Zimmer nach dem Kästchen um.

„Warum hast du sie genommen? Wo hast du sie hingetan?", frage ich Mom, die die klarere von beiden zu sein scheint.

Die 700 Dollar, die sie genommen haben,

kommen mir in diesem Moment nicht einmal in den Sinn. Alles, was ich will, ist sie zurück.

„Wo ist sie? Wo ist die Schachtel?" Ich laufe durch den Raum und suche unter all den leeren Pizzakartons und den verrotteten chinesischen Essensbehältern.

Mom lacht nur, aber ich ignoriere sie. Ich gehe in die Küche, vorbei an Benjamin, der sich an den Esszimmertisch setzt. Ich suche die Arbeitsflächen und die Schränke ab. Ich durchsuche beide Schlafzimmer im hinteren Bereich und das Badezimmer, aber ich finde nichts.

„Wo hast du das Kästchen hingestellt?!", schreie ich.

Dann beschließe ich, in der Mülltonne nachzusehen. Sie ist randvoll mit allen möglichen ekligen Dingen und es liegen sogar Tüten mit Müll um sie herum.

Es stapeln sich ein paar leere Pizzabehälter darauf sowie einige andere Pappen, wahrscheinlich aus der Zeit, als sie noch versuchten, sich wie normale Menschen zu verhalten.

Unter all dem sehe ich die Holzkiste mit dem Wort „Charlie" oben drauf.

Eine Welle der Erleichterung durchströmt mich, aber sie ist nur vorübergehend. Das Schloss an der Vorderseite ist aufgebrochen. Ich öffne langsam den Riegel und sehe, dass das Innere leer ist.

„Was hast du mit der Asche gemacht?" Ich renne auf Mom zu und halte ihr das Kästchen ins Gesicht.

Sie lacht wieder. Sie sieht jetzt higher und distanzierter aus, als wäre sie auf einer anderen Ebene der Existenz.

Ich frage sie wieder und wieder. Ich rüttle sogar an ihren Schultern.

„Die … Toilette … runter … gespült", sagt sie und lacht wieder.

Ich hebe meine Hand, um sie zu schlagen, aber dann halte ich mich zurück. Sie schließt die Augen und lehnt sich gegen die Couch, verliert sich in einer anderen Welt.

Ich will ihr wehtun. Ich will sie treten und sie schlagen, aber nicht jetzt. Nicht, solange sie so ist. Sie muss verstehen, was sie getan hat, aber ich werde nicht in der Lage sein, sie jetzt zu erreichen.

Mit heißen Tränen im Gesicht stecke ich das Kästchen unter meine Jacke und laufe zum Auto.

Dort lasse ich meinen Tränen freien Lauf. Ich vergrabe meinen Kopf in meinen Händen und lehne mich gegen das Lenkrad, um mich abzustützen.

Ich wiege die Schachtel und hasse mich dafür, dass ich meine Mutter wieder in mein Leben gelassen habe.

Ich hasse mich dafür, dass ich geglaubt habe, dass eine Veränderung möglich ist, und ich hasse mich dafür, dass ich Charlies Asche so auffällig aufbewahrt habe.

Ich weiß, dass sie nicht mehr bei mir ist, aber ich vermisse sie jeden Tag. Sie war meine beste Freundin und ich spüre ihre Anwesenheit immer noch überall, wo ich hingehe.

Mom hat das getan, um mich zu verletzen.

Sie nahm mein Geld für ihre Drogensucht, aber sie nahm die Asche, um mich zu verletzen.

Sie hat es getan, um sich an mir zu rächen, aber wofür?

Ich hasse sie so sehr wie schon lange nicht mehr. Mein Hass ist nicht mehr mit Liebe vermischt. Ich werde sie nie wieder lieben.

Sie ist jetzt für mich tot, und obwohl das auf der einen Seite leichter zu verkraften ist, wird es auf der anderen Seite lange dauern, bis ich mich daran gewöhnt habe, eine Waise zu sein.

Als ich wieder zu Hause bin, überlege ich, ob ich eine Anzeige bei der Polizei aufgeben soll, aber ich bin zu erschöpft und müde, um mit den Polizisten zu reden und Aussagen zu machen.

Ich lege mich auf die Couch, schließe die Augen und versuche, meinen Kopf davon abzuhalten, sich zu drehen. Ich versuche zu meditieren, versuche, Schafe zu zählen, aber nichts funktioniert.

Wut steigt an die Oberfläche und verwandelt sich in eine Lawine von Tränen.

Ich sage mir immer wieder, dass ich mich beruhigen soll, aber ich kann es nicht. Worte sind nicht genug. Ich muss etwas tun.

Nachdem ich stundenlang mit mir gerungen und versucht habe, mich zum Schlafen zu bringen, schaue ich auf die Uhr und stelle fest, dass erst fünfundvierzig Minuten vergangen sind.

Nein, so kann ich nicht weitermachen.

Ich schnappe mir mein Handy und suche nach Flügen nach Seattle. Es gibt einen, der in vier Stunden abfliegt. Der Flughafen ist etwa eine Stunde entfernt und das gibt mir gerade genug Zeit, um dorthin zu kommen.

Ich klicke auf den Kaufen-Button, bevor ich richtig realisiert habe, was ich da tue.

Einen Moment später habe ich einen Flug nach Seattle.

Ohne eine Minute zu verlieren, gehe ich zum Kleiderschrank und packe mein Handgepäck ein.

Ich schnappe mir die Umhängetasche, die ich für die Arbeit benutze, in der noch meine ganze Elektronik ist, und packe Charlies Kästchen hinein, damit ich es immer bei mir habe.

Ich ziehe meinen Schlafanzug aus und eine Leggings und einen Pullover an, um mich auf dem langen Flug warm zu halten. Ich werfe alles auf den Vordersitz und starte den Motor.

Nachdem ich das Auto auf dem Langzeitparkplatz abgestellt habe, mache ich mich auf den Weg ins Innere und durch die Sicherheitskontrolle.

Zwei Stunden später steige ich mit einem frischen Starbucks-Kaffee in der Hand ins Flugzeug.

15

TYLER

Ich hatte einen unglaublich anstrengenden Tag bei der Arbeit, aber er ist nicht viel anders als alle vorherigen, seit ich diesen Laden gekauft habe.

Äußerlich sieht es so aus, als hätte ich viel Geld für einen erfolgreichen Betrieb bezahlt. Das dachte ich anfangs auch.

Jetzt ist mir klar, dass es noch ein paar Millionen Dollar an Investitionen braucht, um diesen Schuppen dahin zu bringen, wo er sein sollte. Das ist die Art von Geld, die ich nicht habe.

Das ist die Art von Geld, von der ich möchte, dass der Yachthafen und das Hotel mit einem besseren Management anfangen zu erwirtschaften.

Dieses Unternehmen braucht eine Menge Dinge und die meisten davon sind nicht nur die Verbesserungen der Inneneinrichtung.

Das Hotel ist marode. Die Zimmer sind veraltet und brauchen eine Menge Aufhübschung. Jenseits all dieser äußeren Faktoren gibt es die Veränderungen im täglichen Betrieb.

Die meisten der Mitarbeiter sind fleißig und engagiert. Das Problem ist, dass sie schon lange keinen richtigen Chef mehr hatten.

Die Leute neigen dazu, faul zu werden, wenn niemand auf sie achtet, besonders wenn sie wissen, dass niemand auf sie achtet.

Die Online-Bewertungen sind miserabel.

Die Leute beschweren sich über die Qualität der Zimmer und das Housekeeping. Tim, der angeblich der Geschäftsführer ist, hat sehr wenig getan, um eines dieser Probleme zu beheben. Er hat in den letzten Jahren sein Gehalt bekommen, egal ob er seinen Job gemacht hat oder nicht. Das ist nicht die Art von Politik, an die ich mich halten werde.

Ich weiß nicht genau, wie das alles passiert ist. Nach dem, was ich gehört habe, war Mr. Elliott früher viel mehr involviert und seine Frau auch. Er hatte ein paar gesundheitliche Probleme vor etwa einem Jahrzehnt und seitdem ist dieser Laden irgendwie auf der Strecke geblieben. Er wird weiterhin betrieben und hat einen guten Ruf in der Gegend, was vor allem an seiner Geschichte liegt und an der Tatsache, dass fast jeder in Seattle weiß, wer Mr. Elliott ist.

Das Hotel ist sehr groß. Es hat fast 300 Zimmer und es gibt etwa fünfzehn Hausangestellte weniger, als es sein sollten. Natürlich sind einige dieser Zimmer aufgrund von umfangreichen Schäden am Dach geschlossen. Andere sind aufgrund der schlechten Kritiken und des schlechten Marketings einfach nicht belegt.

Am ersten Tag hier ging ich durch den Ort und machte eine große To-Do-Liste mit allen Projekten, die so schnell wie möglich begonnen werden mussten. Ich übernahm die Zuweisung der Aufgaben für die verschiedenen Projekte an verschiedene Leute, aber Tim erhielt eine große Liste.

Ich habe seitdem nicht viel mit ihm darüber gesprochen, aber die wenigen Male, die ich ihm auf dem Flur begegnet bin, hat er mir versichert, dass er alles im Griff hat.

Heute, nachdem ich eine Checkliste für die

Überprüfung von frisch gereinigten Hotelzimmern entwickelt habe und diese dann durchgegangen bin und die Arbeit der Haushälterinnen beaufsichtigt habe, bin ich in Tims Büro gegangen, um ihn nach den Fortschritten zu fragen, die er gemacht hat.

Die Checkliste für das Housekeeping ist technisch gesehen auch seine Domäne, aber ich möchte derjenige sein, der die Parameter festlegt, damit wir alle auf einer Wellenlänge sind.

„Was halten Sie davon?" Ich reiche ihm den Ausdruck, mit dem ich die Zimmer bisher überprüft habe. „Ich habe eine Reihe von Problemen beim Housekeeping-Personal festgestellt. Eines davon war, dass nicht täglich gesaugt wurde, wenn Gäste in den Zimmern übernachteten. Ein anderes war, dass nicht darauf geachtet wurde, den Ventilator und die Oberseite des Kopfteils abzustauben."

„Wow, wirklich?", sagt er und tut überrascht, aber ich kann Langeweile in seiner Stimme erkennen.

„Es wird ein bisschen länger dauern, das jeden Tag zu machen, aber es wird die Qualität des Zimmers, das die Gäste bekommen, erheblich verbessern."

„Ja, ich verstehe", sagt Tim. „Meinen Sie nicht, dass es die Aufgabe der Zimmermädchen ist, zu wissen, wie man die Zimmerreinigung durchführt?"

„Ich bin mir nicht sicher, worauf Sie hinauswollen", sage ich und versuche, so aufgeschlossen wie möglich zu bleiben.

„Nun, ich dachte, dass der Manager für das Housekeeping das hier durchgehen kann." Er schaut auf die Liste hinunter und liest die Zeilen.

„Das ist wirklich eine große Hilfe", sagt er und schüttelt den Kopf. „Es ist unmöglich, dass sie jemals alle Zimmer rechtzeitig zum Einchecken durchbekommen, wenn Sie das alles machen wollen."

„Wie ich schon sagte, wir werden viel schneller werden, wenn wir unsere Zeit besser nutzen, und alles wird erledigt werden. Das Problem ist, dass die Zimmermädchen die Zimmer jeweils auf eine andere Art und Weise reinigen. Einige sind wählerischer als andere. Die Zimmer werden am Ende unterschiedlich gut gereinigt. Einige sind viel sauberer als andere und das hat wenig mit der Qualität des Housekeepings zu tun, sondern eher mit der Qualität des Managements."

Ich drehe mich im Kreis, aber ich versuche,

meinen Standpunkt klarzumachen, ohne ihm zu sagen, dass er schlecht in seinem Job ist.

Es ist schwer zu sagen, ob ich tatsächlich zu ihm durchdringe.

„Trotzdem", sagt Tim und schaut auf die Checkliste. „Ich sehe einfach nicht ein, das für jedes einzelne Zimmer zu machen, das wir vergeben. Es würde einfach zu viel Zeit in Anspruch nehmen."

„Wie kommen Sie darauf?"

„Nun, das Zimmermädchen muss alles reinigen. Dann müssen verschiedene Mitarbeiter in das Zimmer gehen und diese ganze Checkliste durchgehen, um sicherzustellen, dass sie nichts übersehen hat. Dann muss das Zimmermädchen theoretisch noch einmal putzen."

„Ja. Was genau soll da lange dauern?"

„Sie verstehen einfach nicht, wie die Dinge funktionieren", sagt Tim. „Die Leute, die hier arbeiten, sind nicht die Fleißigsten. Sie machen so wenig wie möglich."

„Daher die Checkliste", sage ich und bleibe standhaft.

Er fängt an, etwas anderes zu sagen, aber ich unterbreche ihn.

„Ich habe bereits mit der Leiterin des

Housekeeping gesprochen, und sie hält die Liste für eine gute Idee. Die Zimmermädchen werden sie bei sich tragen und sich bei Bedarf darauf beziehen, um sicherzugehen, dass sie nichts vergessen."

Tim protestiert weiter. Er fängt an, mir zu erzählen, dass ich keine Ahnung davon habe, wie man ein Unternehmen führt und wie viel Erfahrung er hat, weil er hier arbeitet.

„Sie haben Erfahrung darin, für einen scheiternden Yachthafen und ein Hotel zu arbeiten. Sie arbeiten hier seit Jahren und es fällt mir schwer zu sagen, was genau Sie hier tun oder was Sie hier erreicht haben. Dieser Laden fällt auseinander. Mr. Elliott hatte gesundheitliche Probleme und Sie sollten für ihn einspringen und sich um diesen Betrieb kümmern. Das haben Sie nicht getan."

Meine Offenheit und Direktheit überrumpeln ihn.

Vorher war ich höflich. Ich habe versucht, zuvorkommend zu sein, aber ich merke, dass er nicht jemand ist, der darauf anspricht.

„Ich erwarte von Ihnen, dass Sie in die Zimmer gehen, die von dem leitenden Zimmermädchen gereinigt und kontrolliert worden sind, und die Checkliste ebenfalls durchgehen. Die Zimmer müssen makellos sein. Unsere Gäste sollen saubere Zimmer vorfinden."

„Sie wollen, dass ich das heute mache?", fragt er, zieht die Augenbrauen hoch und lehnt sich in seinem Stuhl zurück.

„Jetzt gleich", sage ich. „Und morgen. Und übermorgen."

„Für wie lange?", fragt er, fast mit einem Keuchen.

„Sie werden es so lange tun, bis ich etwas anderes sage", erkläre ich leichthin.

Ich habe keinen Endpunkt, aber ich will ihn für etwas verantwortlich machen. Ich werde seine Arbeit überprüfen, nachdem er die Arbeit der Zimmermädchen überprüft hat.

Ich muss diesen Ort rentabel machen, und der Weg, wie ich damit beginnen werde, ist, meinen Gästen saubere Zimmer zu bieten. Der Umbau und die Modernisierung werden eine Weile dauern, aber das Mindeste, was wir jetzt tun können, ist, ihnen einen schönen, sauberen Platz zum Schlafen zu geben.

Das Gespräch ist beendet und doch gehe ich nicht. Ich stehe im Türrahmen und warte.

„Kann ich Ihnen noch irgendwie helfen?",
fragt Tim schließlich.

„Ich habe mich nur gefragt, welchen Teil von
jetzt Sie nicht verstanden haben?", frage ich. „Die
Gäste checken um drei Uhr nachmittags ein. Sie
haben nur fünfundvierzig Minuten Zeit, um dafür
zu sorgen, dass alle Zimmer bezugsfertig sind.
Gibt es etwas anderes, das dringender ist und das
Sie in diesem Moment erledigen müssen?"

Er schüttelt den Kopf und erhebt sich.

Er schnappt sich seine Jacke, geht aus seinem
Büro und murmelt etwas vor sich hin. Ich kann es
nicht ganz verstehen, aber ich weiß, dass es etwas
Abfälliges ist, das an mich gerichtet ist.

Nach diesem unangenehmen Austausch mit
Tim beschließe ich, eine halbe Stunde Pause zu
machen und mich an meinen Lieblingsort
zurückzuziehen: mein Segelboot, das ich Isabelle
getauft habe.

Ich gehe bei leichtem Nieselregen den Steg
entlang und sehe in der Ferne mein Segelboot auf
dem Wasser dümpeln. Der alte Name ist durch
einen brandneuen Schriftzug ersetzt worden.

Das dunkle Blau steht in starkem Kontrast
zum weißen Bootskörper und ich kann nicht
anders, als den Namen anzustarren.

Rachel hat ihn noch nicht gesehen, und mir ist noch keine gute Erklärung eingefallen, warum das Boot Isabelle heißt, aber das Meer und ich kennen beide die Wahrheit.

Isabelle ist meine einzig wahre Liebe. Es spielt keine Rolle, was sie getan hat oder wie sehr sie mich betrogen hat. Vielleicht bin ich ein Trottel, weil ich das denke.

Vielleicht bin ich ein Idiot. Wahrscheinlich bin ich all diese Dinge.

Trotzdem kann ich nichts gegen meine Gefühle tun und wie glücklich es mich macht, ihren Namen an dem Ort zu sehen, den ich Zuhause nenne.

16

TYLER

Ich beschließe, meine Wohnung aufzugeben. Es war nur ein Monat-zu-Monat-Mietvertrag und ich spendete die meisten Möbel, die ich gekauft hatte, an denselben Secondhand-Laden, bei dem ich sie bekommen hatte.

Ich hatte nicht viel. Ein paar behelfsmäßige Bücherregale. Ein Futon im Wohnzimmer. Ich lebte wie ein College-Student. Ich lebte von Pizza und Ramen-Nudeln und benutzte eine leere Kiste als Nachttisch.

Es ist nicht so, dass ich mir nicht mehr leisten könnte. Als ich hier ankam, habe ich mein Geld gespart, aber nach einer Weile hatte ich mehr als genug.

Trotzdem, es war schön, so zu leben. Mit wenig Druck.

Ich beschloss, die Wohnung aufzugeben und ganz auf Isabelle umzusteigen. Wie alle Boote kam sie bereits möbliert. Da es auch noch recht neu ist, ist die Inneneinrichtung des Segelbootes elegant und recht schön.

Die Farben im Inneren sind weiß gehalten: Elfenbein, Schnee, alte Spitze, Muscheln und Leinen. Es gibt verschiedene Texturen, die die Farben ergänzen und die mich entspannen und beruhigen.

Ich habe nie viel auf die Inneneinrichtung geachtet und einfach das genommen, was verfügbar war. Jetzt als Hotelier bin ich derjenige, der die endgültigen Entscheidungen treffen und alle Pläne genehmigen muss.

Als ich auf dem Bett liege und dem Regen zusehe, der gegen das Dachfenster über mir prasselt, wird mir klar, dass ich die Zimmer so umgestalten möchte, dass sich die Gäste darin tatsächlich so wohl und entspannt fühlen wie ich mich jetzt.

Die Möbel in den meisten Räumen des Hotels sind abgenutzt und altbacken mit dicken, abgerundeten Kanten und übertrieben gepolsterten Sofas. Der Farbton konzentriert sich zu sehr auf Rottöne (kastanienbraun und tiefbraun) anstatt auf etwas, das eher einem maritimen Gefühl entspricht, wie blau-weiß. Ich habe keine konkrete Vorgehensweise, aber ich habe Angebote von einigen Innenarchitekten zusammen mit Vorschlägen erhalten, die ich heute Abend durchgehen werde.

Ein paar Augenblicke später versuche ich, die ganze Arbeit beiseite zu legen und mich einfach zu entspannen. Ich frage mich, ob das ein Fehler gewesen ist. Jeder andere in meiner Position würde einfach das Geld nehmen und nichts tun. Vielleicht auf irgendeine Karibikinsel fahren, zu viel trinken und mit zu vielen Frauen ausgehen.

Ich war auch versucht, das zu tun, und ich werde es vielleicht in der Zukunft tun, aber das Problem ist, dass ich dazu nicht bereit bin.

Ich bin nicht bereit, mich zur Ruhe zu setzen.

Ich war nie ein großer Trinker, aber in meiner Familie gibt es eine lange Geschichte des Alkoholismus. Ich weiß, wenn ich mir erlauben würde, mich in meinem Schmerz und allem, was ich durchgemacht habe, zu suhlen, dann würde ich niemals von den Inseln zurückkommen.

Nein, ich bin noch jung und ich will arbeiten.

Statt im Alkohol will ich mich in etwas Produktivem verlieren.

Vielleicht ist es auch ein Irrweg.

Ich beschäftige mich nicht mit meinen Gefühlen und ich versuche nicht, mich besser zu fühlen wegen all dem, was passiert ist. Ich versuche nur, es zu ignorieren.

Das ist nicht das, was Leute tun, die zu viel trinken, richtig?

Meine eigene Heuchelei ist mir nicht entgangen. Ich bin mir meiner Unzulänglichkeiten bewusst, aber das Problem ist, dass ich nicht wirklich viel tun kann, um sie zu ändern.

Mein Handy klingelt und ich bin zum Teil erleichtert. Es gibt eine Art Notfall, um den ich mich kümmern muss, und das wird mich von Isabelle ablenken, wenn auch nur für ein kleines bisschen.

Ich schaue auf den Bildschirm und sehe, dass es mein Anwalt ist, Jacob Sommerdahl, der sich um den Kauf dieses Ladens gekümmert hat.

„Jacob, was gibt's?", frage ich, als ich den Anruf annehme.

Jacob ist kein normaler Anwalt. Zum einen hat er ein Büro in einer umgebauten Hütte, die

komplett von riesigen Kiefern umgeben ist. Wenn
er nicht zum Gericht geht, kleidet er sich
normalerweise in Flanellhemd, Jeans und
Cowboystiefeln, wie ein Kleinstadtanwalt.

Viele Leute unterschätzen ihn aufgrund seines
Aussehens und seines Auftretens, aber man sollte
Jacob Sommerdahl niemals unterschätzen.

Er ist ein erfahrener Jurist, der schon seit
Jahren praktiziert. Seine lockere Art zu sprechen
und mit Menschen umzugehen, lässt die
Geschworenen ihn lieben. Es ist unmöglich, ihm
in einem Streitgespräch ein Bein zu stellen. Ich
muss es wissen, ich habe es mehr als einmal
versucht und bin gescheitert.

Nach einem kurzen Hin und Her über seine
Familie und das Wetter sagt Jacob: „Ich komme
zu dir."

„Was meinst du?", frage ich und höre ein
lautes Klopfen an der Seite des Bootes.

„Überraschung. Ich bin's. Mach auf."

Jacob klettert an Bord und ich biete ihm etwas
zu trinken und zu essen an. Er lehnt das Wasser
ab, fragt aber nach Whiskey.

Während ich seinen Drink zubereite und mir
einen Tonic einschenke, erzählt Jacob mir, dass er
nicht weit von hier war, um sich um einen

anderen Fall zu kümmern, und auf einen Besuch vorbeikommen wollte.

Bei jedem anderen wäre ich überrascht oder verärgert gewesen, aber nicht bei ihm.

Jacob gehört hierher nach Seattle. Vor zwanzig Jahren wurde Microsoft vom Justizministerium zusammen mit den Generalstaatsanwälten von zwanzig Bundesstaaten verklagt, weil es gegen das Bundeskartellrecht verstoßen hatte.

Zu dieser Zeit war Microsoft das dominierende Softwareunternehmen und Bill Gates der reichste Mann der Welt. In der Klage wurde Microsoft vorgeworfen, sein Betriebssystem illegal zu schützen, weil es eine Monopolstellung für seinen eigenen Browser, den Internet Explorer, anstrebte.

Jacob war einer der Anwälte, die daran arbeiteten, Microsoft zu verteidigen. Sie kämpften hart, aber glücklicherweise gewann die Regierung und nun gibt es kein Browser-Monopol mehr und die Welt hat viele Anwendungen, Browser und Unternehmen zur Auswahl.

Als ich ihn eines Abends bei einem Drink darauf ansprach, sagte er, dass er überhaupt nicht sauer über die Niederlage sei.

Das, was passierte, war das Richtige. Er ist schließlich ein Anwalt und will nur einen fairen Kampf.

„Danke für den Drink und das wunderbare Gespräch, wie immer", sagt Jacob und stellt das Glas auf den Couchtisch.

Sein Gesichtsausdruck verändert sich, und ich weiß, dass er nicht nur zum Vergnügen hierhergekommen ist.

„Wir haben ein Problem." Er fährt sich mit den Fingern durch sein dichtes grau meliertes Haar und reibt sich den Nacken.

„Was ist los?", frage ich.

Ich habe ihn noch nie so besorgt gesehen. Wenn wir sonst miteinander sprachen, war er immer positiv, aufgeschlossen und optimistisch.

Jetzt scheint er … unsicher zu sein.

Seine Unsicherheit jagt mir eine Heidenangst ein.

„Die Elliott-Söhne haben es geschafft, dass ihr Vater für unzurechnungsfähig erklärt wurde."

„Schon? Wie?"

„Sie hatten eine Notfallanhörung. So etwas können sie durchsetzen, da es um den Verlust eines Vermögens geht. Sie haben irgendeinen Richter dazu gebracht, zu sagen, dass er nicht in

der Lage ist, seine eigenen finanziellen
Entscheidungen zu treffen, und jetzt haben sie es
auf den Jachthafen und das Hotel abgesehen."

Ich schüttle ungläubig den Kopf.

„Ich habe das Geld bezahlt, und dieses
Unternehmen ist eigentlich weniger wert als das,
was ich bezahlt habe."

„Ich weiß, aber es ist das
Familienunternehmen. Sie argumentieren, dass
ihr Vater versprochen hat, es ihnen zu vererben.
Dann bist du ihnen in die Quere gekommen und
hast ihn verwirrt. Sie argumentieren, dass ihr
Vater nicht bei klarem Verstand ist und dass er an
Demenz leidet."

„Er leidet nicht an Demenz! Er war
vollkommen luzide und klar. Er wollte nicht, dass
sie das hier übernehmen. Er dachte, dass sie es in
den Bankrott treiben würden."

„Hör zu, ich weiß das alles schon. Ich war
dabei. Ich habe gesehen, wie kompetent Mr.
Elliott war und wie sicher er war, dass seine Söhne
diesen Laden nicht erben sollten. Das ist nur eine
Sache, mit der wir uns auseinandersetzen
müssen."

Ich atme ein paar Mal tief durch, um meine
Atmung zu beruhigen.

„Ich weiß, du wolltest ein ganzes Renovierungsprojekt starten", sagt Jacob. „Davon würde ich dir abraten."

„Was redest du denn da? Das ist mein Hotel!"

„Ich weiß. Du hast es bezahlt, und *jetzt* gehört es dir, aber es ist alles noch in der Schwebe. Ich möchte nicht, dass du etwas veränderst oder Geld in dieses Objekt investierst, falls sie damit durchkommen könnten. Das ist es einfach nicht wert."

„Was ist mit all dem, was ich bereits getan habe?"

„Was zum Beispiel? Du hast doch nicht etwa schon einen Vertrag für eine größere Renovierung unterschrieben, oder?"

„Nein", sage ich. „Ich habe all diese Änderungen an den Systemen vorgenommen, wie hier alles gemacht wird, und ich habe gerade angefangen, mich an Bauunternehmer zu wenden."

„Nein", sagt Jacob und schüttelt den Kopf. „Oliver, das kannst du nicht machen. Unterschreibe nichts und verpflichte dich nicht zu irgendwelchen Projekten."

„Ich kann also nichts tun, um das Hotel zu verbessern?"

„Doch, das kannst du, aber achte darauf, dass es nur oberflächlich ist. Du kannst mit dem Personal zusammenarbeiten. Du kannst versuchen, dafür zu sorgen, dass alles reibungsloser abläuft. Investiere nur kein Geld in den Laden."

Ich stehe auf und gehe umher, gehe auf und ab. Es gibt nicht viel Platz, es ist schließlich ein Boot, aber Jacob setzt sich hin, um mir Raum zu geben.

Ich bin mir nicht sicher, was ich tun soll. Ich hatte all diese Pläne und Sehnsüchte.

Jetzt habe ich das Gefühl, dass es plötzlich zu Ende geht. Das Problem ist, dass es Geld braucht, um die meisten Veränderungen umzusetzen, nicht nur Checklisten und Mitarbeiterversammlungen.

„Die Waschmaschine und der Trockner sind in die Jahre gekommen. Die Bettwäsche ist alt. Sie benutzen immer noch diese schrecklichen Bettdecken, die das Haus alt und schmutzig aussehen lassen. Es gibt viele Zimmer und ich kann nicht nur in einem etwas ändern."

„Du kannst an keinem etwas ändern", sagt Jacob. „Es ist mir ernst damit. Das ist eine große Sache."

Ich schüttle wieder den Kopf und versuche, alles zu verarbeiten, was er sagt.

„Denkst du, ich wollte hierherkommen? Ich dachte, der Deal wäre erledigt. Alle haben unterschrieben und alle waren glücklich."

„Nun, anscheinend nicht alle", stelle ich fest.

„Wir wussten, dass die Söhne der Familie nicht glücklich waren, aber das ist nicht ungewöhnlich. Trotzdem, das war Mr. Elliotts Hotel und er muss es ihnen nicht geben, nur weil sie seine Söhne sind. Viele Leute verkaufen ihre Geschäfte, weil sie nicht wirklich viel Geld damit verdienen, bis man es verkauft."

„Du musst mir das alles nicht erzählen", sage ich und gieße mir noch einen Drink ein.

„Ich weiß, aber es ist etwas, das ich mir selbst sagen muss."

„Das sollte doch vorbei sein. Wie können sie das tun?"

„Ich hätte nicht gedacht, dass das möglich ist", sagt Jacob. „Manchmal, wenn der Unterzeichner alt genug ist und es Anzeichen dafür gibt, dass er beeinträchtigt sein könnte –"

„Es gibt keine Beweise", unterbreche ich ihn. „Du hast ihn gesehen. Ich habe ihn gesehen. Mr. Elliott hat die volle Kontrolle über alle seine

Entscheidungen und Gedanken. Er ist scharfsinnig und er wollte ein neues Leben beginnen. Er wollte, dass dieses Unternehmen bei jemandem ist, dem es etwas bedeutet. Seine Söhne wollen es in Einzelteilen verscherbeln."

Jacob zuckt mit den Schultern.

„Das wusstest du nicht?", frage ich.

„Was meinst du damit, in Einzelteilen verscherbeln?"

„Eines der Restaurants läuft viel besser als das andere. Sie wussten, dass sie einen guten Preis dafür bekommen und das andere dann an jemand anderen verkaufen können. Die ganze Sache wäre viel wertvoller, wenn sie einzeln verkauft würde, aber das war nicht das erste Mal, dass Mr. Elliott solche Angebote gehört hat. Er sagte mir, dass er sie nie in Erwägung zog. Er sagte mir, dass er alles zusammenhalten wollte, auch wenn es keinen Sinn machte."

„Verstehst du nicht?", sagt Jacob und schüttelt den Kopf. „Das ist das ganze verdammte Problem."

„Wovon redest du?"

„Es ist eine Sache, den Laden so weiterführen zu wollen, wie er war, und ihn in den Ruin zu treiben, was er anscheinend getan hat, aber er hat die Entscheidung getroffen, ihn zu verkaufen. Wie du gesagt hast, macht es keinen Sinn, es als eine große Sache zu verkaufen, da es einen viel höheren Preis erzielen würde, wenn man es einzeln verkaufen würde."

„Na und? Wir sind berechtigt, dumme Entscheidungen zu treffen. Die Leute machen das ständig. Leute, die keine Erfahrung mit Restaurants haben, sehen ein Restaurant und kaufen es. Leute ohne Bar-Erfahrung kaufen eine Bar, nur weil sie zu oft Cheers gesehen haben. Das ist Amerika. Die Leute treffen alle möglichen schrecklichen Entscheidungen und sie dürfen das, weil es um ihr Geld, ihren Kredit und ihre Zeit geht."

„Ja. Das werde ich natürlich vor Gericht argumentieren, aber bei Mr. Elliott liegen die Dinge ein wenig anders. Seine Söhne sagen, dass die Entscheidung, dieses Unternehmen an dich zu verkaufen, nicht in seiner Zurechnungsfähigkeit lag. Sie argumentieren, dass er, wenn er seinen Verstand vollständig unter Kontrolle hätte, niemals eine solche Entscheidung treffen würde, weil es gegen seine monetären Interessen wäre. Sie werden argumentieren und Beweise von seiner Frau zeigen, die ihn als rücksichtslosen Geschäftsmann ausweisen."

„Ist es ihm nicht erlaubt, seine Meinung zu ändern? Ist es ihm nicht erlaubt, anders zu denken?"

„Natürlich darf er das, aber da sie das vor Gericht bringen, wird es die Entscheidung des Richters sein, ob er plötzlich diesen Sinneswandel hatte und jemand ganz anderes wurde, als er Jahre lang bis zu diesem Punkt war. Vielleicht ist er einfach nicht mehr ganz dicht."

Jacob und ich reden noch viel darüber, aber das Gespräch dreht sich im Kreis. Ich argumentiere für unseren Standpunkt und er argumentiert für ihren.

Natürlich wird er all die Argumente vorbringen, die ich vorbringe, und wahrscheinlich noch andere in seinen Schriftsätzen und gegenüber dem Richter, aber ich weiß, dass das ein harter Kampf werden wird.

Als es Zeit für ihn ist zu gehen, bringe ich ihn zur Tür und frage: „Sag mir ehrlich, glaubst du, dass wir gewinnen werden?"

„Ich werde mein Bestes geben. Ich werde streiten und kämpfen wie der Teufel, aber ganz ehrlich? Nach dem, was ich in ihrem Prozess

gesehen habe? Mr. Elliott scheint wirklich
Gefallen an dir gefunden zu haben. Du erinnerst
ihn wahrscheinlich an ihn selbst, als er jünger
war."

„Okay", sage ich, ziehe das Wort in die Länge
und versuche herauszufinden, worauf er damit
hinauswill.

„Das ist ein Problem. Mr. Elliott war nicht
dafür bekannt, jemand zu sein, der sehr
nostalgisch, warmherzig oder sogar nett war. Als
er dir dieses Unternehmen verkauft hat, war er
nett. Das Grundstück selbst ist Millionen wert.
Obwohl der Laden auseinanderfällt, schlechte
Kritiken hat und kurz vor dem Bankrott steht, ist
er das Doppelte, wenn nicht Dreifache von dem
wert, was du dafür bezahlt hast, wenn alle Teile
auf dem freien Markt verkauft würden.

Das ist nicht gut für uns. Wir brauchen einen
zwingenden Grund, warum er es getan hat, und
den haben wir nicht. Sie haben einen. Sie
argumentieren, dass er diese Entscheidung nicht
bei klarem Verstand treffen konnte, und obwohl
es für uns beide ein harter Kampf sein wird, um
das zu bekommen, was wir wollen, möchte ich
dich auf die Möglichkeit vorbereiten, dieses
Unternehmen zu verlieren, und deshalb möchte

ich nicht, dass du noch einen weiteren Cent hinein investierst.‟

Nachdem Jacob gegangen ist, gieße ich mir noch einen Drink ein und setze mich auf die Couch.

Ich betrachte die Art, wie sich die klare Flüssigkeit um die Eiswürfel legt, und ich verliere mich in meiner Verzweiflung.

17

TYLER

Ich hatte keine Ahnung, dass diese Anlage so wertvoll ist. Ich kam zuerst hierher, um mir die Boote anzusehen und zu Abend zu essen.

Ich traf Mr. Elliott zufällig in der Bar. Damals hatte ich keine Ahnung, dass er der Besitzer war, und dachte, er sei nur ein alter Mann, der aussah, als hätte ihn das Glück verlassen, und der seine Sorgen am Grund seines Glases Jack Daniel's ertränkte.

Wir sprachen an diesem Abend viel über alles und nichts zugleich. Er lud mich ein, am nächsten Abend wiederzukommen, was ich auch tat.

Danach trafen wir uns noch monatelang ein paar Mal pro Woche. Ich mochte es, mit ihm zusammen zu sein. Ich begann, ihn als viel mehr als nur einen Freund zu betrachten.

Ich hatte einen Vater in meinem Leben, aber der war eher ein Fluch als ein Segen, und ich begann, ihn als eine Art väterliche Figur zu betrachten. Wir hatten den gleichen Sinn für Humor und die gleiche Arbeitssucht.

Er sagte mir, dass ich etwas anderes in meinem Leben finden müsste, das neben der Arbeit Sinn machte, aber er ermutigte mich, trotzdem ein Vermögen zu machen. Er sagte mir, das sei der Kampf seines Lebens, das zu tun, was er liebte und dann die Erfüllung in all den anderen ätherischen Dingen zu finden, die das Leben lebenswert machen.

Er erzählte mir, dass er, als er zum ersten Mal geheiratet hatte, seine Frau sehr geliebt hatte, aber nach den gemeinsamen Jahren hatte er das Gefühl gehabt, dass sie sich fremd waren.

Anders als die meisten Männer seiner Generation hatte er sie nie betrogen. Darauf war er stolz, zumal sie sich nicht sehr nahegestanden hatten. Nachdem er eines Sonntagabends ein paar Drinks zu viel gehabt hatte, erzählte er mir, dass er zwar nie eine sexuelle Beziehung mit einer

Frau hatte, aber dass es eine Frau gab, die er liebte.

Er hatte sie seit Jahren nicht mehr gesehen. Er hatte sie einmal auf einer Geschäftsreise in Paris getroffen. Sie hatten jahrelang Briefe ausgetauscht, aber sie hatten sich nie wieder gesehen.

Im Laufe der Jahre hatte sich ihre Beziehung zu etwas entwickelt, das weniger romantisch war und mehr auf Freundschaft, tiefem Respekt und Liebe füreinander basierte. Sie hatte geheiratet, Kinder bekommen, und sie schrieben sich immer noch Briefe. Sie hätten miteinander telefonieren und sogar videochatten können, aber sie taten es nie.

Ich ermutigte ihn, sie zu kontaktieren und ihr zu sagen, was er wirklich für sie empfand, aber er sagte, dass er das niemals tun würde, solange seine Frau noch am Leben sei. Da erzählte ich ihm von Isabelle.

Ich hatte erwähnt, dass ich nicht mehr verheiratet war und dass ich Isabelle auf einer Reise kennengelernt hatte, wir uns aber zerstritten hatten. Ich sagte ihm, dass ich sie immer noch vermisste und jeden Tag an sie dachte und dass es mir jetzt unendlich weh tat, an sie zu denken, während ich mit Rachel zusammen war.

Ich weiß nicht, warum ich mich ihm gegenüber so öffnete, außer dass er mir zuhörte – wirklich zuhörte.

Als es sonst niemand tat.

Ich erzählte Mr. Elliott eine Menge über Isabelle. Ich erzählte ihm nichts, was mir Ärger mit den Behörden eingebracht hätte.

Ein Geheimnis zu bewahren ist eine schwere Last, besonders wenn es einem selbst gehört. Ich bin froh, dass ich es nicht erzählt habe.

Es ist nicht sicher und es wäre das Dümmste auf der Welt gewesen. Mit ihm zu reden, gab mir das Gefühl, Frieden in mir selbst zu finden. Er gab mir das Gefühl, dass er jemand ist, dem ich vertrauen kann.

Es ist Jahre her, dass ich über meinen Vater nachgedacht habe und wie sehr er meine Mutter verletzt hat. Verletzen wäre eine Untertreibung.

Er schlug mit seinen Fäusten auf sie ein und warf sie gegen die Wand. Er brach ihr Bein, ihr Handgelenk und ihre Nase. Jahrelang hatte ich Angst vor ihm, und jahrelang hasste ich ihn.

Dann gab es Momente, in denen er sich wie ein Vater verhielt. Er nahm mich zum Angeln mit und warf mit mir einen Football herum. Einmal sagte er mir sogar nach einem Baseballspiel, dass er stolz auf mich wäre.

Ich war ein Kind und lebte für diese Momente, bis ich erwachsen wurde, aber ich erkannte, dass nur weil er ein paar Momente hatte, in denen er ein Vater war und mich so behandelte, wie ich hätte behandelt werden sollen, was nicht bedeutet, dass es irgendetwas an ihm änderte und an dem, was er mir, meiner Mutter und meinen Brüdern angetan hat.

Ich habe seit Jahren nicht mehr mit meinen Brüdern gesprochen. Unser Auseinanderleben hat wenig mit meiner Verurteilung zu tun. Wir haben uns schon vorher entfremdet. Nein, wir sind eher wie Fremde.

Unser Vater ist auch ziemlich streng zu ihnen gewesen, aber anstatt einander zu beschützen, haben sie sich gegen mich gewandt. Sie waren älter und merkten, dass, wenn er seine Aufmerksamkeit auf mich richtete, er nicht mehr so viel von seiner Energie auf sie verwendete.

Es hatte viel mit ihrem Überlebensinstinkt zu tun, aber das ließ meine Wut auf sie nicht verschwinden. Sie waren auf dem College und ich auf der Highschool. Es war das letzte Mal, dass ich mit ihnen sprach.

Nachdem sie ausgezogen waren, um zur Uni zu gehen, kamen sie nur noch selten zurück. Mein Vater versuchte immer wieder, sie zu Besuchen zu bewegen, aber sie weigerten sich, und so richtete er seine Wut auf mich.

Es gab ein paar Mal, als ich die Oberhand gewann und zurückschlug und ihn mehr verletzte, als er mich verletzt hatte, aber er war ein großer Kerl und hatte jahrelange Erfahrung darin, ein Tyrann zu sein.

Er war immer noch mein Vater und ich fühlte eine seltsame Art von Verwandtschaft darin, meine Fäuste nicht in seine Richtung zu richten.

Als meine Brüder zu meinem Highschool-Abschluss zurückkamen, weigerte ich mich, mit ihnen zu sprechen. Sie waren für mich tot. Sie hatten sich nicht für mich eingesetzt, als ich sie am meisten gebraucht hatte, und sie hatten mich im Stich gelassen. Ich brauchte sie nicht in meinem Leben.

Sie meldeten sich nie wieder. Ich wurde wohlhabend und jeder in unserer unmittelbaren Familie wusste es. Ich dachte, sie würden mir gratulieren oder mich zumindest um Geld bitten.

Sie taten nichts davon. Das war für mich in Ordnung.

Ich dachte daran, ihnen zu schreiben, als ich verurteilt wurde, aber dann wurde mir klar, dass es keinen Sinn hatte. Was immer wir gehabt hatten, war schon lange weg. Ich hörte von Mom, was sie taten, aber sie sprachen auch nicht wirklich mit ihr. Mom blieb bei Dad und dort war kein Platz mehr für uns.

Im Gefängnis bekommt man Angst und man versucht, nach Verbindungssträngen zu greifen. Ich dachte daran, Mom, meinen Brüdern und sogar meinem Dad zu schreiben. Doch jedes Mal, wenn ich mich hinsetzte, um den Brief zu schreiben, kamen keine Worte heraus.

Meine Beziehungen zu allen waren aus unterschiedlichen Gründen zerrüttet.

Ich war wütend auf meine Mutter, weil sie all die Jahre bei ihm geblieben war und meine Kindheit ruiniert hatte. Als ich älter wurde, war ich wütend auf sie, weil sie bei ihm geblieben war, nachdem wir alle ausgezogen waren.

Sie hätte bei der Scheidung Geld bekommen, ein paar Unterhaltszahlungen. Ich hätte sie sogar dafür bezahlt, ihn zu verlassen, aber sie tat es nicht. Sie fuhr fort, Ausreden zu erfinden.

Sie redete über seine Kindheit und darüber, wie viel schlimmer sein eigener Vater war. Ich versuchte, es zu verstehen, aber er erzählte mir nie davon. Er entschuldigte sich nie für eine einzige Sache, die er getan hatte, und so jemandem kann man nicht verzeihen.

Natürlich wissen sie alle, dass ich geflohen bin. Keiner von ihnen weiß aber, wo ich bin. Vorher dachte ich, dass sich vielleicht etwas ändern würde, auch wenn ich mich nicht dazu durchringen konnte, diese Änderung zu vollziehen.

Dann, nachdem ich weggelaufen war, wusste ich, dass dies meine Chance war, ein ganz neues Leben zu beginnen. Das war meine Chance, die Familie, in die ich geboren wurde, komplett zu vergessen und etwas Neues nur für mich zu schaffen.

Das versuche ich jetzt auch. Ich versuche, das mit Rachel zu tun. Ich mag sie und sie mag mich.

Wir haben beide unser ganzes Leben noch vor uns. Wer weiß, was die Zukunft bringen wird.

Wer weiß, vielleicht werden wir sogar glücklich.

Als Rachel später in der Nacht nach Hause kommt, erzähle ich ihr von meinem Treffen mit Jacob. Sie ist seit vier Uhr heute Morgen wach und hat mehrere Operationen hinter sich, und obwohl sie zuhört, merke ich, dass sie nicht wirklich da ist.

„Also, was wird jetzt passieren?", fragt sie.

„Es wird in etwa zwei Wochen eine Anhörung vor dem Richter geben. Jacob hat mir gesagt, ich solle mir keine Sorgen machen, aber er hat mir auch gesagt, dass ich nicht mehr in den Yachthafen investieren soll. Ich kann nicht einmal zusätzliche Bettwäsche kaufen."

„Nun, das macht Sinn, denke ich", sagt sie. „Ich schätze, es ist gut, dass das jetzt passiert und nicht erst in ein oder zwei Jahren, oder?"

Ich zucke mit den Schultern, nicke und sage: „Nichts an der Sache scheint richtig zu sein, aber ich schätze, es könnte schlimmer sein."

Sie gähnt und streckt die Arme über den Kopf. Sie kann kaum die Augen offen halten.

„Du brauchst Schlaf", sage ich und gebe ihr einen Kuss auf den Kopf.

„Ich werde noch schnell unter die Dusche springen und dann direkt ins Bett gehen", sagt sie mit einem knappen Nicken.

Für eine Sekunde hoffe ich, dass das eine Einladung für mich ist, mich ihr anzuschließen, aber ich merke schnell, dass es das nicht ist.

Sie zieht ihre Bluse aus und geht in die Hauptkabine im hinteren Bereich. Ich schalte den Fernseher ein und lehne mich im Sessel zurück. Das blaue Licht des Fernsehers überflutet mich, während ich mit meinem Handy die restlichen Lichter in der Kabine dimme.

Ein paar Minuten später, gerade als ich etwas Interessantes zum Anschauen gefunden habe, fängt Rachels Handy an zu piepen. Es ist ein lauter, nerviger Klingelton, der sowohl piept als auch vibriert.

Ich schwinge mich aus dem Sessel und suche ein wenig danach, bis ich es schließlich zwischen den Kissen in der Essecke finde.

Ich will es gerade ausschalten, als ich einen Blick auf das Display werfe und die eingehenden SMS sehe.

Der Name der Person wird als *Michael das Arschloch* angezeigt, ihr Ex-Freund.

Ich vertraue Rachel und habe noch nie auf ihr Handy geschaut, aber die Nachrichten, die auf dem Bildschirm erscheinen, klingen nicht wie etwas, das ein Ex-Freund schreiben sollte.

Das war so heiß beim Mittagessen. Ich konnte mich danach kaum noch auf meine Patienten konzentrieren.

Ich habe ein Geschenk für dich, von dem ich will, dass du es trägst, schreibt er und hängt ein Bild von roten Dessous an.

Ich weiß, dass ich das Handy weglegen sollte, aber ich kenne den Code, und ich muss mehr wissen.

Ich klicke auf seinen Namen und scrolle durch die Nachrichten. Sie schicken sich gegenseitig Nacktbilder von sich, dazu Videos und führen Dirty Talk. Aus den Textnachrichten entnehme ich, dass sie mindestens fünfmal intim waren und es meist in der Mittagspause tun. Darüber hinaus gibt es noch etwas anderes.

Sie schreiben auch: *Ich liebe dich.*

Als ich höre, wie das Wasser abgestellt wird, lege ich das Handy auf den Tisch und setze mich in den Sessel.

Was soll ich jetzt tun?

18

ISABELLE

Ich steige ins Flugzeug, finde meinen Platz und versuche, mich einzurichten. Ich schreibe ein paar Nachrichten an die Mütter meiner Kunden, um meine Termine zu verschieben und sie auf das Ende der Woche zu legen.

Als ich mein Handy wegräumen muss, ziehe ich eine Zeitschrift und ein Tablet heraus, aber am Ende vertiefe ich mich in mein Handy. Ich schlage ein Buch auf und schließe es dann wieder.

Nichts hält meine Aufmerksamkeit aufrecht. Als die Flugbegleiterin kommt und mir etwas zu trinken anbietet, nehme ich erst ein Glas Eistee und frage dann nach der Getränkekarte.

Ich bin keine große Trinkerin und schon ein

oder zwei Drinks versetzen mich in einen richtigen Rausch. Aber mein Verstand rast, und ich weiß nicht, was ich sonst tun soll.

Ich bin mir nicht sicher, wie viele Stunden dieser Flug genau dauert, fünf oder sechs. Es sind Stunden, in denen ich über Tyler und alles, was passiert ist, nachdenken kann.

Es sind Stunden, in denen ich darüber nachdenke, ob es wirklich er ist, zu dem ich fliege.

Ich war noch nie in Seattle oder im pazifischen Nordwesten. Alles, was ich darüber weiß, ist, dass es regnerisch, grün und mit viel Wasser und noch mehr Tech-Unternehmen gefüllt ist.

Ich habe die Stadt online angeschaut und sie sieht auch wunderschön aus.

Als ich zum Flughafen komme, buche ich einen dreitägigen Aufenthalt in einem Super 8 Hotel in der Nähe des Yachthafens. Meine Geldsituation ist immer noch etwas heikel und 200 Dollar pro Nacht im Marriott zu bezahlen, kommt nicht in Frage.

Ein Flugticket so kurz vor dem Flug zu kaufen, ist nicht ratsam. Es kostete wahrscheinlich doppelt so viel, wie sonst, aber ich konnte nicht warten.

Als die Flugbegleiterin mit meinem Eistee vorbeikommt und mir ein Glas Rotwein einschenkt, reicht sie mir auch die Kopfhörer, damit ich das Bord-Entertainment nutzen kann.

Ich habe zwar AirPods, aber die brauchen eine Bluetooth-Verbindung, das heißt, sie funktionieren nur mit meinem Handy oder Tablet.

Ich öffne die kleine Tüte mit den Ohrstöpseln, stecke das Kabel ein und platziere sie in meinen Ohren. Ich klicke auf die Rückenlehne des Sitzes vor mir und schaue mir meine Optionen an. Es sind tatsächlich viel mehr, als ich dachte. Es gibt fast hundert verschiedene Filme sowie zahlreiche Fernsehserien auf etwa zehn Kanälen.

Ich kann mich nicht entscheiden.

Ich stelle immer wieder eine Liste von Optionen zusammen und entscheide mich für nichts.

Plötzlich scheint mich der Film, der beim ersten Einschalten ansprechend aussah, jetzt zu langweilen.

Mein Sitznachbar bewegt sich und ich merke, dass ihm meine Unentschlossenheit und mein Vorbeilangen an ihm auf die Nerven gehen.

Ich schaue mich noch ein wenig um und

entscheide mich schließlich für eine bekannte Folge von *The Office*, eine, die ich schon einige Male gesehen habe.

Ich lehne mich in meinem Stuhl zurück, wickle das Kabel und die Kopfhörer um meinen Finger und spiele damit, so wie ich es in der Middle School getan habe. Das Tragen dieser Kopfhörer bringt mich direkt zurück in die Freistunde in Pittsburgh, Pennsylvania, wobei das allgemeine Gefühl von Angst und Unsicherheit die Nostalgie noch verstärkt.

Ich nehme einen Schluck vom Wein und erinnere mich daran, wie viel Spaß ich damals mit Tyler hatte. Es dauerte ein bisschen, bis ich merkte, dass ich tatsächlich in ihn verliebt war, aber ich wusste schon lange, dass ich ihn liebte.

Er war mein bester Freund. Er war derjenige, der alles über mich wusste. In diesem Alter ist es leicht, sich für die Musik und die Filme, die man mag, zu schämen, aber er hat sich nie über meine große Liebe zu *Taylor Swift* oder meine Besessenheit von *Titanic* und *Now and Then* lustig gemacht.

Diese Filme waren ein bisschen vor meiner Zeit, aber ich war schon immer eine Art alte Seele und sie sprachen mich an wie nur wenige andere.

Nachdem ich *Now and Then* gesehen hatte, stellte ich mir vor, wie wunderbar es wäre, solche Freundinnen zu haben, die einen wirklich auf dieser tiefen Ebene verstehen.

Das hatte ich nie, aber ich hatte Tyler.

Es gab immer Mädchen, mit denen ich befreundet war, aber Tyler und ich waren uns so nah und unsere Bindung war unmöglich zu durchdringen. Ich ging immer zu seinem großen Haus in Fox Chapel, um Videospiele zu spielen und die verbotene Jerry-Springer-Show zu sehen, die nachmittags ausgestrahlt wurde. Meine Mutter wusste nicht einmal, dass ich sie schaute, aber seine Mutter hasste sie und sagte uns, dass es eine schreckliche Serie wäre.

Deshalb warteten wir immer, bis sie zum Pilates-Kurs ging, schalteten sie ein und schauten die aufgezeichnete Version auf seinem Videorekorder. Jeden Monat waren die Dinge zwei Wochen lang herrlich. Dann änderte sich alles, als Tylers Vater von seinen Geschäftsreisen nach Hause kam. Es war fast so, als hätte sich eine dunkle Decke über das Haus gelegt, und jeder im Haus begann, wie auf Nadeln zu sitzen.

Mr. McDermott war nicht der typische freundliche und gemütliche Vater, den viele

Kinder in unserer Vorstadtblase der oberen Mittelschicht hatten. Mein Vater war auch nicht so. Er war schon lange weg, und zum Glück interessierten sich die verschiedenen Freunde meiner Mutter kaum für mich.

Mr. McDermott hingegen verdiente das ganze Geld und führte das Haus mit eiserner Faust. Er war nicht oft da, aber er erwartete trotzdem, dass alle seine Regeln befolgten.

Gelegentlich war er gut gelaunt, und manchmal sah ich Tyler und seine Mom in seiner Gegenwart lächeln, aber die meiste Zeit waren sie in Angst gehüllt.

Er hatte die Tendenz, bei einer Kleinigkeit in Wut auszubrechen. Einmal war ich dabei und er warf eine Schüssel voller Kartoffeln an die Wand, als er fand, dass sie nicht richtig gewürzt waren.

Natürlich habe ich es Tylers Brüdern nicht verübelt, dass sie aus dem Haus fliehen wollten, aber er schon. Er dachte, sie hätten in der Nähe bleiben sollen. Er dachte, dass sie sich nicht gegen ihn hätten verschwören sollen. Er war wütend auf sie, weil sie seine Mom nicht beschützten.

Ich weiß auch, dass er auf sich selbst wütend war, weil er nicht mehr tat. Was hätte er tun können? Er war doch nur ein Kind. Sein Vater brach seiner Mutter vor seinen Augen den Arm. Wenn er dazwischen gegangen wäre, um ihn zu stoppen, hätte er ihm auch den Arm gebrochen.

Als ich Tyler das erste Mal traf und er mich zum ersten Mal zu sich nach Hause einlud, dachte ich, dass sein Leben das reinste Zuckerschlecken war.

Als wir uns besser kennenlernten und er mehr darüber erzählte, was er durchmachte, wurde mir klar, dass meines gar nicht so schlecht war. Meine Mutter nahm Drogen, spielte, trank und trieb sich gelegentlich mit verschiedenen Männern herum, aber wenigstens hatte ich keine Angst vor ihr.

Ich hatte keine Angst davor, dass sie mich schlug, verprügelte oder mir Knochen brach. Was sie tat, war sich selbst zu zerstören.

Als meine Gedanken zu meiner Mutter abdriften, steigt Wut in mir hoch. Ich kann nicht glauben, dass sie das mit Charlies Asche gemacht hat. Ich kann nicht glauben, dass sie mein Vertrauen so sehr missbraucht hat.

Natürlich ist das nicht wirklich wahr.

Natürlich glaube ich, dass sie diese Dinge getan hat und noch viel mehr. Sie ist eben so. Sie ist zu allem fähig, und mit allem meine ich unvorstellbare Grausamkeit. Sie war wütend auf mich, weil ich ihre Drogen weggeworfen hatte, und sie hat sich an mir gerächt, indem sie meinen Hund weggeworfen hat.

Ich trinke mein Glas Wein aus und verlange nicht nach einem weiteren. Der Wein gibt mir nur das Gefühl, schludrig und unkontrolliert zu sein, ohne mir den Schmerz zu nehmen, der mich verzehrt.

Es fällt mir schwer, an meine Mutter zu denken und an all das, was sie getan hat. Vielleicht hätte ich ihr mehr helfen können. Vielleicht hätte ich sie zu anderen Behandlungen bewegen oder andere Ärzte für sie finden sollen.

Die Wahrheit ist, dass sie schon seit Jahren so ist. Es sind manische Episoden, in denen sie trinkt, Drogen nimmt und so viel spielt, wie sie kann. Diese Episoden verlaufen in Wellen, aber wenn man sich mitten in einer befindet, kann man sich nicht vorstellen, dass es anders sein könnte.

Ich bin einmal zu einem Al-Anon-Treffen gegangen. Es ist für Freunde und Familienmitglieder von Alkoholikern. Ich hätte weitermachen sollen, aber es war zu viel, die Geschichten der anderen zu hören, die meiner eigenen so ähnlich waren.

Die Frau, die den Kurs leitete, betonte immer

wieder, dass wir alle daran glauben mussten, dass
wir die Menschen in unserem Leben nicht
zwingen konnten, sich zu ändern, wenn sie es
nicht wollten. Wir haben diese Kontrolle nicht
und das Schwierigste daran, ein Familienmitglied
von jemandem mit einer Sucht zu sein, ist, diese
Kontrolle aufzugeben.

Ich habe damals nicht auf sie gehört, aber ich
hätte mir wahrscheinlich eine Menge Kummer
erspart, wenn ich es getan hätte. Ich werde aber
jetzt auf sie hören. Egal, was in Seattle passiert,
ich werde nach Hause zurückkehren und meine
Mutter aus meinem Leben ausschließen.

Das habe ich schon mal eine Weile lang
gemacht, und während dieser Zeit ist sie tiefer in
ihre Süchte hineingeraten und hatte am Ende
eine riesige Schuld, die ich dann bezahlt habe.
Danach war sie wieder nüchtern und auf dem
richtigen Weg.

Das war das Schlimmste, was ich je getan
habe. Ich dachte, sie hätte den Tiefpunkt erreicht
und dass es aufwärts gehen würde. Nun, ich lag
falsch. Ich werde nicht zulassen, dass das noch
einmal passiert. Ich werde ihr nicht mehr aus der
Patsche helfen, egal, was passiert.

Wenn sie wieder clean wird und es bleibt und

sie unsere Beziehung wieder aufbauen will, werde ich das auch nicht zulassen. Zumindest nicht für eine lange Zeit.

Vorher war ich immer die Person, die für sie da war, um sie wieder aus der Gosse zu ziehen. Dieses Mal schien es zu funktionieren. Sie bekam einen Job, den sie mochte. Sie lernte einen Mann kennen, von dem ich dachte, dass er gut zu ihr passt und sie vor all ihren Süchten schützen würde. Ich dachte, er wäre stabil, und ich dachte, dass es dieses Mal vielleicht gutgehen würde. Was ich gelernt habe, ist, dass es dieses Mal nicht anders war. Sie wird von ihren Dämonen als Geisel gehalten und bis sie nicht zu sich selbst findet, gibt es nichts, was ich tun kann. Das Einzige, was ich tun kann, ist, sie davon abzuhalten, mich zu verletzen.

Eine Episode endet und eine andere beginnt, aber egal wie hoch die Lautstärke in meinen Ohrstöpseln ist, meine Gedanken sind lauter und hartnäckiger. Eine Träne bildet sich in meinen Augen und ich wische sie schnell weg, als sie mir über die Wange rollt.

Ich schließe meine Augen und versuche, mich auf die Serie zu konzentrieren. Ich mache den Ton noch lauter und ziehe mir eine Nachtmaske über die Augen, um den Rest des Flugzeugs auszublenden. Es dauert ein bisschen, aber schließlich werden meine Gedanken von der Unanständigkeit von Michael Scott aus *The Office* und seinem lauten Austausch mit Jim Halpert übertönt. Je mehr ich mich konzentriere, desto mehr beginnt sich mein Körper zu entspannen.

Meine Arme werden schwer und lassen sich nur mit Mühe heben. Langsam fühle ich, wie ich in den Schlaf abdrifte.

EINIGE ZEIT später wache ich durch einen lauten Schlag auf, der mich aus meinem Tiefschlaf weckt. Ich brauche ein bisschen, um mich genug zu konzentrieren, um die Ohrstöpsel aus meinen Ohren zu ziehen und die Maske anzuheben.

Wir fliegen immer noch, aber meine Ohren knacken und ich weiß, dass wir anfangen zu sinken. Ich schaue aus dem Fenster und sehe in der Ferne die Skyline von Seattle. Da sind tausende von hellen Lichtern und dunkle Flecken, bei denen es sich wahrscheinlich um Wasserflächen handelt.

Die Flugbegleiterin macht eine Durchsage

und kündigt an, dass sie einen letzten Rundgang durch die Kabine machen wird, um alle Abfälle einzusammeln.

Als ich die Zeit auf meinem Handy überprüfe, stelle ich fest, dass ich mehr als genug Zeit habe, um das Essen zu beenden, und öffne den Deckel. In einem Fach befindet sich etwas, das an Fleisch erinnert, in einem anderen ein Brötchen mit etwas Butter und Marmelade.

Da ich Lust auf etwas Süßes habe, bestreiche ich die kalte Scheibe Brot mit der Erdbeermarmelade und stopfe sie mir in den Mund. Es schmeckt gut, obwohl ich weiß, dass es das nicht ist, aber ich bin so hungrig, dass es kaum eine Rolle spielt.

Sobald ich fertig bin, nehme ich mir ein paar Bissen vom Salat, wobei ich die Gurken und die Tomaten herausnehme und den Salat stehen lasse. Dann reiße ich die kleine Tüte Brezeln auf und esse zwei oder drei auf einmal, wobei ich mir meines lauten Kauens bewusst bin.

Mein Sitznachbar wirft mir einen genervten Seitenblick zu, aber angesichts der Tatsache, dass er beide Armlehnen einnimmt und das schon den ganzen Flug über, ignoriere ich ihn.

Schließlich landen wir ohne Zwischenfälle

und steigen aus dem Flugzeug aus. Ich habe nur mein Handgepäck dabei, also gehe ich nicht zur Gepäckausgabe, sondern direkt zum Taxistand.

Sobald ich draußen bin, atme ich die dicke, feuchte, wassergesättigte Luft ein und wickle meinen Mantel enger um mich. Es ist nicht so kalt, sondern eher feucht.

Ich greife nach dem Regenschirm, den ich für diese Gelegenheit eingepackt habe, aber als ich ihn öffne, merke ich, dass es nicht genug regnet, um ihn zu brauchen. Trotzdem, während ich am Bordstein stehe und auf mein Taxi warte, scheine ich immer nasser und nasser zu werden.

Wenige Augenblicke später hält ein gelbes Auto und ich klettere mit meinem Handgepäck auf den Rücksitz.

Ich bin versucht, den Fahrer zu bitten, mich gleich zum Elliott Marina and Hotel zu bringen, aber als ich den Mund aufmache, gebe ich ihm stattdessen die Adresse des Super 8.

Der Yachthafen ist etwa eine Meile entfernt und ich möchte nicht den ganzen Weg zum Hotel mit meinem Handgepäck im Dunkeln laufen.

„Waren Sie schon einmal in Seattle?", fragt der Fahrer.

„Nein", sage ich und schüttle den Kopf.

„Dann können Sie sich freuen. Es wird ein
wunderschönes Wochenende. Nur ein bisschen
Regen. Sind Sie geschäftlich oder zum Vergnügen
hier?"

„Geschäftlich", sage ich schnell und frage
mich dann, ob das wirklich stimmt.

In Wirklichkeit bin ich ein bisschen wegen
beidem hier. Ich will die Wahrheit über Tyler
herausfinden und ob die Möglichkeit besteht, dass
er Oliver ist.

Der Grund, warum ich die Antwort so
dringend brauche, ist, dass dies die einzige Spur
ist, die ich habe. Ich weiß, dass die Chancen
gering sind, tatsächlich sind sie mikroskopisch
klein.

Wenn man es geschafft hat, aus dem
Gefängnis auszubrechen und ein neues Leben zu
beginnen, warum in aller Welt sollte man dann
etwas so Prominentes in der Öffentlichkeit tun,
wie ein Hotel zu kaufen?

Es gibt wahrscheinlich hundert Angestellte
und die Chancen, dass einer von ihnen ihn
erkennt, sind angesichts der Art der Fahndung
astronomisch.

Trotzdem, auf dem Bild und von der Seite
sieht er aus wie Tyler. Das ist meine einzige Spur,

mein einziger Anhaltspunkt. Wenn er es nicht ist, gut. Ich habe ein paar Tage in Seattle, einer Stadt, in der ich noch nie war, die ich aber immer besuchen wollte.

Und wenn er es ist?

Dann habe ich vielleicht die Chance, die Zeit zurückzudrehen und ihm alles zu erzählen, was ich vorher nicht konnte.

Um diese Zeit dauert es nicht lange, bis wir das Hotel erreichen, und das Einchecken verläuft ohne Probleme.

Als ich die Tür zu meinem Zimmer öffne, werde ich von dem Geruch von Reinigungsmitteln überwältigt. Ich wünschte, ich könnte die Fenster öffnen, aber leider sind sie alle verschlossen.

Das Zimmer hat kühle siebzehn Grad und ich erhöhe die Temperatur sofort um fünf Grad, auf etwas, das viel angenehmer ist.

Neben einem großen Kingsize-Bett gibt es auch einen kleinen Schreibtisch, eine Lampe und einen Stuhl zum Sitzen rechts neben dem Bett, direkt neben dem bodentiefen Fenster.

Die Wohnung ist gemütlich und sauber. Bald höre ich das Bett nach mir rufen. Es war ein sehr langer Flug, und obwohl ich versucht bin, direkt zum Yachthafen zu gehen und mich umzusehen, weiß ich, dass ich etwas Schlaf brauche.

Nachdem ich kurz geduscht habe, um den Schmutz des Flugzeugs abzuwaschen, klettere ich unter die Decke und wünsche mir, ich hätte die 200 Dollar mehr ausgegeben, um im Elliott Hotel zu übernachten.

Natürlich wäre das keine gute Idee gewesen.

Zum einen war das viel zu viel Geld für ein Zimmer, und es würde diese Reise dreimal so teuer machen. Außerdem wollte ich nicht dort sein, falls Oliver gar nicht Tyler war. Das ist sehr wahrscheinlich, und ich will nicht das ganze Geld ausgeben, viel mehr als ich ohnehin schon tue.

Das Bett ist so bequem und ich bin so müde, dass ich bis in den Morgen hinein schlafe. Außerdem beträgt die Zeitverschiebung drei Stunden und ich wache nach der Pacific Coast Time erst mittags auf.

Ich dusche noch einmal schnell, wasche mir diesmal die Haare und lege etwas Make-up auf. Nachdem ich mich fertig gemacht habe, stelle ich fest, dass mein Haar nicht viel trockener ist als beim ersten Mal, als ich aus der Dusche kam, und ich zwinge mich, den Föhn zu benutzen.

Es ist kalt draußen und es ist nicht ratsam, mit

nassen Haaren herumzulaufen, aber ich ärgere mich, dass ich sie morgens überhaupt gewaschen habe. Normalerweise dusche und wasche ich meine Haare nachts und lasse sie bis zum Morgen an der Luft trocknen.

Es sieht aus wie ein Vogelnest, wenn ich aufwache, aber dafür ist ja mein Glätteisen da. Das Geräusch des Föhns verursacht bei mir eine Gänsehaut. So nah an meinen Ohren und meinem Kopf klingen sie wie startende Düsentriebwerke. Ich schaffe es nur für ein paar Minuten und binde es dann zu einem lockeren Dutt zusammen, in der Hoffnung, dass die Luft den Rest der Arbeit für mich erledigt.

Ich ziehe mir eine enganliegende Jeans, eine lässige Bluse und eine meiner Lieblingsjacken an, schnappe mir meine Umhängetasche und betrachte mich im Spiegel.

Mit den Stiefeln und dem Schal um den Hals sehe ich aus wie eine ganz normale Pazifik-Nordwestlerin, und das ist genau das, was ich vorhabe. Anstatt ein Auto zu rufen, das mich zum Yachthafen bringt, gebe ich die Wegbeschreibung in mein Handy ein und mache einen Spaziergang.

19

TYLER

ls ich die Nachrichten auf ihrem Handy zum ersten Mal sehe, bin ich versucht, davonzugehen. Vielleicht sollte ich einfach abhauen, verschwinden und nie wieder mit ihr reden, aber das ist mein Boot und sie steht gerade unter meiner Dusche.

Ich brauche Antworten.

Ich will mich nicht streiten, aber das ist wahrscheinlich unvermeidlich. Ich schaue auf die Uhr. Ich hatte einen langen Tag und sie auch, aber die Nachrichten nagen weiter an mir.

Ich dachte, ich könnte ihr vertrauen. Ich dachte, sie sei ein anständiger Mensch, der nicht fremdgehen würde.

Die Wahrheit ist, dass ich nicht das Geringste über sie weiß.

„Was ist das alles?", frage ich, als sie mit einem Handtuch um sich gewickelt aus dem Bad kommt.

Ich halte ihr das Handy entgegen und beobachte, wie ihr das Blut aus dem Gesicht weicht. Ihre Schultern rutschen nach unten und sie duckt sich fast an Ort und Stelle. Ich bedrohe sie nicht. Ich stehe nur in der Tür und habe ihr eine einfache Frage gestellt.

„Wie lange triffst du dich schon mit deinem Ex-Freund?", frage ich. „Wie lange hast du schon mit ihm geschlafen?"

„Es war ein Fehler", sagt sie und leckt sich über die Lippen.

Sie zupft nervös an ihrem Handtuch, macht aber keine Anstalten, den Bademantel zu holen, der am Fußende des Bettes liegt.

„War es ein Fehler, weil ich dich erwischt habe, oder war es ein Fehler, weil es passiert ist?"

„Es tut mir wirklich leid", sagt sie und blickt zu Boden. „Beim ersten Mal, als es passiert ist, hatten wir zu viel getrunken und dann … ich weiß nicht. Wir waren einfach so lange zusammen …"

„Er hat dich betrogen, Rachel. Er hat dich

angelogen. Ihr seid schon ein paar Mal zusammengekommen und habt euch wieder getrennt."

„Ich weiß", sagt sie achselzuckend. „Was soll ich sagen? Es gibt einige Leute, an die man nicht aufhören kann zu denken, egal wie schlecht sie für einen sind, egal was sie tun."

Ihre Worte treffen mich wie ein Schlag in die Magengrube. Ich glaube nicht, dass jemals wahrere Worte gesprochen worden sind.

Die Wahrheit ist, dass ich wütend auf sie bin, aber ich bin nicht wirklich wütend.

Wir hatten eine gute Zeit und ich dachte, dass wir gut zusammenpassen, aber tun wir das wirklich?

Vielleicht nach außen hin.

Vielleicht an der Oberfläche.

Wenn wir gut zusammenpassen würden, würde ich dann immer noch die ganze Zeit an Isabelle denken?

Ich öffne meinen Mund, um etwas anderes zu sagen, aber es kommt nichts heraus. Ich sollte wütend auf sie sein und mit Sachen werfen, aber ich fühle mich einfach mutlos.

Es ist mir eigentlich egal. Es ist fast so, als

hätte ich jetzt eine Ausrede, um mit ihr Schluss zu machen, und darüber bin ich erleichtert.

„Ich hoffe, du kannst mir verzeihen", sagt Rachel. „Ich kann nicht mit Michael zusammen sein. Wir sind schrecklich zusammen, und ich hätte das nie zulassen dürfen."

Rachel sieht mit Tränen in den Augen zu mir auf. Sie legt ihre Arme um mich und drückt sich fest an mich.

Die Tatsache, dass ich nicht reagiere, deutet für sie vielleicht darauf hin, dass ich diesen Vorschlag tatsächlich in Erwägung ziehe.

Wahrscheinlich denkt sie, dass ich ihr verzeihen werde. Obwohl, das Einzige, was ich in diesem Moment denke, ist, dass dies mein Ausweg ist.

„Ich dachte, dass wir etwas Besonderes haben", sage ich. „Ich dachte, ich könnte dir vertrauen. Ich habe dir erzählt, dass ich eine schwierige Zeit mit meiner Ex-Freundin hatte und dass sie mich betrogen hat, so wie Michael dich betrogen hat."

Ich erzählte ihr, dass Isabelle mich betrogen hatte, weil ich ihr nicht von dem Geld erzählen konnte.

Sie nahm an, dass wir das Gleiche durchmachten, und das war für mich in Ordnung.

„Uns verband der Schmerz, aber darüber hinaus hatten wir nicht viel. Zumindest kommt es mir im Moment so vor."

„Du verstehst das nicht", sagt Rachel, während ihr eine Träne über die Wange läuft. „Ich hätte das mit Michael nie tun dürfen. Ich will nicht mit ihm zusammen sein. Ich weiß, dass ich dir wehgetan habe, aber vielleicht gibt es eine Möglichkeit, dass wir darüber reden können."

„Was gibt es da zu bereden?", frage ich.

„Ich will es wiedergutmachen. Es war einfach so dumm. Unsere Beziehung war so jung, und ich denke, wenn wir hart arbeiten, können wir darüber hinwegkommen."

Ich schüttle den Kopf und frage: „Was gibt es da zu arbeiten? Wenn wir jetzt, am Anfang unserer Beziehung, nicht glücklich sind, wie sollen wir dann den Rest durchstehen? Warum sich überhaupt die Mühe machen?"

„Beziehungen sind Arbeit", sagt Rachel und plappert damit den Satz nach, mit dem sich Leute gerne dafür rechtfertigen, in schrecklichen Beziehungen festzustecken.

„Nein", sage ich und schüttle den Kopf. „Sie

sind keine Arbeit. Nicht mit der richtigen Person. Willst du wissen, warum?"

Sie nickt.

„Mit der richtigen Person wachst du jeden Tag auf und versuchst, das Leben für sie besser zu machen. Du sagst keine grausamen Dinge zu ihr. Du liebst sie und sie liebt dich. Du tust ihr keine gemeinen Dinge an. Die Leute werfen gerne mit dem Wort ‚Liebe' um sich, aber ich gehöre nicht zu diesen Leuten. Ich dachte, wir hätten etwas. Ich dachte, wir wären kompatibel. Wir würden funktionieren. Haben wir uns geliebt?"

„Ich dachte, wir würden uns lieben."

„Wenn du das dachtest, warum hast du dann mit Michael geschlafen?"

„Es war nur ein Moment der Schwäche", sagt sie. „Er hat diese Art von Macht über mich. Ich scheine mich nicht von ihm lösen zu können."

„Ich weiß nicht, was du durchmachst, aber das Einzige, was ich weiß, ist, dass du jemanden liebst, und diese Person bin nicht ich."

Rachel kommt auf mich zu und versucht wieder, mich zu umarmen, aber ich schiebe sie weg.

„Ich will nicht mehr darüber reden", sage ich kalt. „Bitte nimm deine Sachen und geh."

Sie beginnt zu weinen. Ich gehe in die Hauptkabine und warte, bis sie sich angezogen hat.

Als sie auftaucht, versucht sie, zu mir zu kommen und mich noch einmal zu umarmen, aber ich schiebe sie wieder weg.

„Das würde ich lieber nicht tun", sage ich und wende mich ab.

Als Rachel geht, überkommt mich ein Gefühl der Erleichterung. Es ist nicht so, dass ich es nicht genossen hätte, mit ihr zusammen zu sein.

Sie wäre eine lustige Freundin. Aber es war alles nur eine Lüge. Das weiß ich jetzt. Die Gefühle, die ich für sie hatte, kamen nicht annähernd an die Gefühle heran, die ich für Isabelle habe.

Ich frage mich, ob es für den Rest meines Lebens so sein wird.

Werde ich immer jede Frau, die ich treffe, mit der vergleichen, die mich verletzt und mir das Herz gebrochen hat?

Wie wird irgendjemand da mithalten können?

Ich gehe ins Bett, aber ich kann nicht schlafen. Gelegentlich habe ich Phasen der Schlaflosigkeit, in denen ich mich wie ein Zombie fühle.

Heute Nacht ist eine dieser Nächte. Ich mag

es nicht, Tabletten zu nehmen, und ich habe Angst, von Schlafmitteln abhängig zu werden, also wälze ich mich nur hin und her und werde immer müder, je länger die Nacht andauert.

Ich schalte den Fernseher ein, schaue mir etwas Unsinniges an, höre Musik und lege sogar einen Podcast auf.

Nichts hilft. Ich muss immer wieder an Rachel denken und an den Moment, als sich alles, was ich dachte, dass wir haben, plötzlich auflöste. Das ist die Sache mit Lügen. Sie geben dir das Gefühl, dass die Erde unter deinen Füßen uneben ist. Wir waren zusammen und ich dachte, wir wären glücklich.

Wir hätten glücklicher sein können. Ich wollte mehr über sie erfahren und vielleicht sogar darüber nachdenken, ein Leben mit ihr zu beginnen, aber dann kam eine Nachricht, die alles veränderte.

Das habe ich mit meiner Frau Sarah nie erlebt. Sie hatte mich schon lange betrogen, bevor ich es überhaupt herausfand. Dieses Gefühl des Schocks und des Ekels ist dem ähnlich, was ich damals empfand. Mit meiner Frau war schon lange etwas nicht in Ordnung gewesen, aber keiner von uns hat es wirklich zugegeben.

Wir waren wie Schiffe, die in der Nacht vorbeiziehen.

Ich wusste es damals nicht, aber ich habe sie nie geliebt.

Ich weiß, es ist unfair von mir, alle mit Isabelle zu vergleichen. Ich frage mich, ob Rachel das gefühlt hat und deshalb getan hat, was sie getan hat. Ich sage nicht, dass sie nicht die Schuld an all dem trägt.

Natürlich hat sie es getan, weil sie diejenige ist, die mich betrogen hat. Ich frage mich immer noch, ob sie auf irgendeiner intuitiven Ebene wusste, wie ich mich fühlte, oder ob sie vielleicht einfach das Gleiche für Michael empfand.

Nach einer langen, unruhigen Nacht zwinge ich mich aus dem Bett und gehe zur Arbeit. Ich komme vor fast allen anderen an.

Ich setze mich an den Computer und gehe meine To-Do-Liste durch. Angesichts dessen, was mit dem Prozess passiert, ist das meiste davon nicht machbar. Ich kann die Bauunternehmer oder den Planer nicht kontaktieren.

Ich kann keine Pläne für irgendwelche Umbauten machen und das bedeutet, dass ich das Gebäude oder einen der Räume nicht physisch verbessern kann. Ich kann bessere Prozesse einführen, um sicherzustellen, dass die Räume sauberer sind, aber das war's auch schon.

In diesen Ort zu investieren ist sinnlos, solange ich nicht weiß, was die Zukunft bringen wird. Das scheint auch in meinem Privatleben der Fall zu sein. Ich war mit allem im Reinen und jetzt ist plötzlich alles in der Schwebe.

Mein Handy geht ständig los. Es vibriert und vibriert, weil ich alle Anrufe ignoriere.

Es ist Rachel. Alle Anrufe, die SMS und die Bilder sind von Rachel. Sie schickt mir sogar ein Video, in dem sie in die Kamera spricht und mir sagt, wie leid es ihr tut.

Ich lese alles und höre mir alles an, aber ich antworte nicht. Im Laufe des Morgens lässt sie nicht locker. Ich merke, wenn sie im OP arbeitet, weil die Nachrichten aufhören, aber sobald sie draußen ist, ruft sie mich wieder und wieder an.

Gegen elf Uhr beschließe ich, einen Rundgang über das Grundstück zu machen, um zu sehen, was zu tun ist und was alle machen.

Ich beschließe, in Tims Büro zu gehen. Er ist nicht da, also gehe ich weiter den Flur entlang und schaue mir alle Büros an. Als ich die letzte Tür erreiche, drehe ich den Knauf und zu meiner großen Überraschung sehe ich ihn über den Safe gebeugt, wie er einen Stapel Bargeld in die Vordertasche seiner Jacke steckt.

Das ist das Bargeld, das der Elliott Marina gehört, und es soll in einer halben Stunde von einem gepanzerten Fahrzeug abgeholt werden.

„Was machen Sie da?"

Er dreht sich um, sein Gesicht ist blass wie ein Gespenst.

„Stehlen Sie Geld von mir?"

„Ich … Nein … Natürlich nicht." Er beginnt, über seine Worte zu stolpern.

„Legen Sie alles zurück", sage ich leise, aber streng.

Er sieht verängstigt aus, aber diese Angst verwandelt sich schnell in Wut.

„Legen Sie es zurück", sage ich lauter.

Er tut wie ihm geheißen und fragt: „Werden Sie die Polizei rufen?"

Ich habe noch nicht darüber nachgedacht, was ich tun werde, denke ich bei mir.

„Warum haben Sie das getan? Warum bestehlen Sie mich?"

„Es tut mir leid", sagt er und lässt die Schultern hängen. „Ich bin nur mit der Hypothek im Rückstand, und ich habe das Gefühl, dass Sie mich feuern werden."

„Jetzt werden Sie definitiv gefeuert", sage ich, ohne einen Augenblick zu zögern.

„Bitte", fleht er. „Ich kann keinen anderen Job finden. Ich habe so viele Rechnungen zu bezahlen."

„Sie hätten mich einfach um ein Darlehen bitten können. Sie hätten mich nicht bestehlen müssen."

„Ich weiß, aber ich dachte, Sie würden nein sagen, also wollte ich nicht fragen."

„Ich schätze, das werden wir nie erfahren", sage ich. „Lassen Sie uns zurück in Ihr Büro gehen."

„Warum?"

„Sie müssen Ihre Sachen holen und von hier verschwinden."

„Nein!", schreit Tim.

Plötzlich schnellen seine Arme nach vorne und fangen an herumzufuchteln.

Verdammt, nein.

Er versucht, mit mir zu streiten, und bettelt dann um seinen Job. Er will, dass ich nicht die Polizei rufe.

Ich will das nicht laut zugeben, aber ich bin kein großer Fan davon, die Polizei zu rufen. Ich bin immer noch ein gesuchter Krimineller und das Letzte, was ich brauche, ist, dass die Behörden sich einmischen.

Ich beschließe, stattdessen den Wachmann zu rufen. Roger kommt ein paar Minuten später an und begleitet Tim zurück in sein Büro. Er achtet darauf, dass er nichts mitnimmt, was ihm nicht gehört, und er lässt sich nicht auf Tims Schimpftirade ein. Ich warte im Flur, bis Roger mit ihm die Treppe hinaufgeht.

„Das werden Sie noch bereuen!", schreit Tim von der obersten Stufe. „Ich werde Sie nicht vergessen lassen, was Sie mir angetan haben!"

„Was für ein undankbares Arschloch", sage ich zu mir selbst und schüttle den Kopf.

Er hat schon lange keine richtige Arbeit mehr gemacht, und daran war er gewöhnt. Mr. Elliott ließ ihn nichts tun und zahlte ihm ein gutes Gehalt.

Als ich übernahm, war er unzufrieden, und er war die einzige Person, die ich überzeugen musste, sich anzuschließen. Es ist fast so, als ob er nicht wollen würde, dass dieser Betrieb erfolgreich ist.

Tim fährt fort, Obszönitäten aus Protest zu schreien, den ganzen Weg bis zur Grundstücksgrenze, aber Roger braucht die Hilfe

von niemandem sonst, um ihn hinaus zu
begleiten.

Nachdem ich mich vergewissert habe, dass das
Geld wieder im Safe ist, nehme ich die andere
Treppe zum anderen Ausgang.

Ich brauche etwas frische Luft, um meinen
Kopf freizubekommen. Innerhalb der letzten
vierundzwanzig Stunden habe ich
herausgefunden, dass meine Freundin mich
betrügt und dass mein Geschäftsführer Geld
stiehlt.

Es ist auch gut möglich, dass der Verkauf
rückgängig gemacht wird und mir dieser
Yachthafen und dieses Hotel gar nicht mehr
gehören.

Was werde ich dann tun?

Ich mache mich auf den Weg hinaus zum
Yachthafen und beobachte die Möwen, die sanft
auf dem Wasser landen. Sie sind anmutig und
majestätisch in ihren Bewegungen. Ich bin
neidisch auf ihre Freiheit, jetzt einfach nicht hier
sein zu müssen.

Das trübe Wetter und der ständige Regen
machen mir zu schaffen. Es ist fast so, als würde
sich eine dicke Decke der Dunkelheit über meine
Welt legen.

Ich stelle mir mein Leben ohne diesen Yachthafen vor und frage mich, ob das nicht eigentlich ein versteckter Segen ist. Vielleicht bin ich nicht für das hier geschaffen.

Vielleicht wäre es besser, einfach irgendwo an einen warmen Strand zu gehen, in einer kleinen Hütte zu leben, meine Tage damit zu verbringen, Mai Tais zu trinken und mit den einheimischen Mädchen zu flirten.

Es wäre einfacher, so viel ist sicher.

Der Regen beginnt etwas stärker und seitlicher zu fallen. Die Menschen in Seattle benutzen selten Regenschirme, aber ich sehe ein paar Frauen in der Ferne, die ihre Schirme herausziehen, weil ihre wasserdichten Jacken nicht ausreichen.

Ich habe keinen Regenschirm. Ich schlage einfach meinen Kragen hoch und gehe weiter am Dock entlang. Ich beobachte, wie die Wassertropfen gegen die Boote prallen und winke den wenigen Mitgliedern zu, die nach einem Vormittag auf See gerade einlaufen.

Es ist noch nicht einmal Mittag, aber ich habe Lust, Feierabend zu machen. Ich habe nicht viel geschlafen, eigentlich gar nicht, und der Ärger mit Tim hat mich völlig aus der Bahn geworfen.

Die Segelboote sind am anderen Ende des Docks und ich laufe weiter, bis ich dort ankomme. Vorne steht eine Bank, die normalerweise leer ist, aber heute ist sie besetzt.

Jemand sitzt dort und beobachtet den Regen.

Als ich näherkomme, erkenne ich, dass es eine Frau ist, und ich beschließe, ihr Freiraum zu lassen. Nicht jeder würde hier draußen im Regen sitzen und den Booten beim Hin- und Hertreiben im Wasser zusehen, es sei denn, er macht gerade etwas durch.

Ich versuche, an ihr vorbeizugehen, ohne sie anzusehen, weil ich die Tränen nicht sehen will, aber irgendetwas drängt mich dazu, mich umzudrehen.

Als sich unsere Blicke treffen, dauert es einen Moment, weil ich nicht glauben will, was ich da sehe.

Sie schluckt schwer und sieht mich an.

Ich versuche, etwas zu sagen, aber meine Kehle wird trocken.

„Was machst du denn hier?", schaffe ich schließlich, auszusprechen.

„Du bist es", sagt sie und schüttelt den Kopf.

Sie hält sich die Hände vors Gesicht, als könne sie nicht glauben, dass ich noch lebe.

„Du bist hier", sage ich. „Wie?"

Einen Moment lang frage ich mich, ob die Polizei kommen wird.

Ich warte, starre in ihre haselnussbraunen Augen und nichts passiert.

Die Zeit hört auf zu existieren.

Der Regen fällt weiter, aber ich kann ihn nicht mehr spüren.

Langsam richtet sie sich auf. Sie trägt einen dünnen, aufgeplusterten Mantel, einen von denen, die man in eine kleine Tasche quetschen kann. Er ist gut bei kaltem Wetter, aber er ist nicht wasserdicht und sie ist durchnässt. Ihr Haar klebt an ihrem Kopf, als käme sie gerade aus der Dusche.

Ihr Make-up ist längst verschwunden, sie hat noch nie so schön ausgesehen.

„Ich bin gekommen, um dich zu sehen", sagt sie leise.

Ihre Worte sind zaghaft, fast so, als würde sie um Erlaubnis bitten.

Ich möchte sie in die Arme nehmen, sie festhalten, an ihrem Haar riechen und ihr sagen, dass ich sie liebe, aber ich kann mich nicht dazu durchringen.

„Ich werde niemandem verraten, dass du hier

bist", sagt sie. „Ich will nur mit dir reden. Ich will erklären, was passiert ist. Ich habe dich nicht bestohlen. Ich hätte dir die Wahrheit sagen sollen. Meine Mutter war in Schwierigkeiten und ich habe einfach das Geld genommen …"

Ihre Worte sind jetzt hektisch. Sie überschlägt die Sätze, versucht nervös, alle Teile zusammenzufügen.

Sie denkt, dass ich mich für ihre Lügen interessiere. Aber das stimmt nicht.

Das Einzige, was mich interessiert, ist, dass ich zum ersten Mal seit langer Zeit wieder durchatmen kann.

Es ist fast so, als hätte ich die ganze Zeit die Luft angehalten und könnte jetzt, wo sie wieder in mein Leben getreten ist, wieder ein- und ausatmen.

„Du bist klatschnass", sage ich und trete einen Schritt näher an sie heran.

Sie macht einen weiteren auf mich zu und umklammert ihre Schulter noch fester.

Sie versucht, sich zu wärmen, aber das ist unmöglich, wenn man praktisch im Wasser schwimmt.

Ich habe eine Kopfbedeckung auf, aber sie

nicht. Der Regen prallt immer wieder gegen ihr Gesicht, so dass sie kaum etwas sieht.

Wir müssen irgendwo reingehen, aber wohin? Das Hotel kommt nicht in Frage. Es ist zu weit weg und nicht privat genug.

„Mein Boot ist gleich da drüben", sage ich und zeige hinter mich. „Da kannst du dich abtrocknen und wir können reden."

Sie zögert.

Bitte sag nicht nein, denke ich und warte.

„Bitte", sage ich und strecke meine Hand aus.

„Okay." Sie nickt und legt ihre Hand in meine.

20

ISABELLE

Es ist den ganzen Morgen über bewölkt und dunkel. Ich gehe hinüber zum Elliott Hotel und setze mich in die Lobby, in der Hoffnung, dass Tyler einfach vorbeikommt.

Ich tue so, als wäre ich ein Gast und klappe sogar meinen Laptop auf, um beschäftigt auszusehen.

Nach einer Weile habe ich das Gefühl, dass die Frau an der Rezeption mir gegenüber misstrauisch wird. Ich sage ihr, dass ich auf jemanden warte, aber es ist schon zu viel Zeit vergangen.

Sie fragt mich ein paar Mal, ob es ein Zimmer

gibt, das sie anrufen soll, aber ich sage ihr, dass ich die Nummer nicht kenne.

Beim dritten Mal, als sie mich anspricht, verstehe ich den Wink. Wir sind hier nicht bei Starbucks. Ich kann nicht einfach auf unbestimmte Zeit hier herumhängen.

Ich packe meine Sachen weg, und während sie abgelenkt ist, mache ich mich auf den Weg in einen der Flure.

Er führt mich zu einem anderen und zu einem weiteren, bis ich mich verlaufe und mich auf den Notausgangsplan verlassen muss, um wieder nach draußen zu kommen.

Dieser Plan, Tyler zufällig zu treffen, schien in meinem Kopf zu Hause viel besser zu sein, als er sich im wirklichen Leben herausstellt.

Ich gehe in ein Café in der Nähe des Yachthafens und beobachte, wie der Regen in Strömen zu fallen beginnt. Wie wahrscheinlich ist es, dass ich ihn heute tatsächlich sehen werde? Wie wahrscheinlich ist es, dass Oliver überhaupt Tyler ist?

Stunden später, als der Regen wieder zu einem Nieselregen wird, schlendere ich am Yachthafen entlang und finde eine Bank in der Nähe der Segelboote. Ich öffne das Sandwich, das ich im Café gekauft habe, und scrolle durch mein Handy.

Schließlich esse ich mein Essen auf. All das, was ich auf meinem Handy sehe, langweilt mich und mir wird kalt. Mehr Zeit vergeht und mir wird noch kälter. Der Regen wird stärker. Es ist Zeit, zu gehen.

Und doch bleibe ich. Irgendetwas hält mich hier fest. Ich weiß nicht genau, was es ist, nur dass ich mich nicht bewegen kann.

Ich muss warten, aber worauf?

Dann sehe ich ihn plötzlich. Er kommt aus dem Nichts. Er geht einfach irgendwie auf mich zu und es ist Tyler.

Ich möchte ihm in die Arme laufen, aber ich habe Angst, dass er für immer verschwindet, wenn ich mich bewege oder auch nur blinzle.

Er lädt mich auf sein Boot ein und als ich mich auf die Beine zwinge, halte ich den Atem an. Ich halte meine Augen auf seine gerichtet, in der Hoffnung, dass dies irgendwie sicherstellt, dass wir nicht getrennt werden.

Ich gehe ein paar Schritte vorwärts und lasse ihn dann meine Hand nehmen. Als sich unsere Finger berühren, schießt ein elektrischer Funke durch meinen Körper. Ich kann sehen, dass er auch etwas spürt, und er drückt mich fester.

Der Regen wird stärker, als wir uns auf den Weg zum Steg machen. Er springt auf das Deck des Bootes und hilft mir dann auch hoch.

Ich merke gar nicht, wie nass ich bin, bis ich von der Trockenheit der Kabine umgeben bin. Der Teakholzboden glänzt förmlich und die Möbel sind in allen Farben von Elfenbein bis Weiß gehalten.

„Ist das deines?", frage ich.

Er nickt und sagt: „Das war sozusagen Teil des Deals."

„Wow, es ist so schön. Und es ist so groß, fast wie eine geräumige Wohnung."

Er nickt, sieht sich um und sagt: „Es ist erst ein paar Monate alt. Dieses hier ist etwas ganz Besonderes. Deshalb bin ich auch hier eingezogen."

„Du wohnst hier?" Ich weiß nicht, warum mich das überrascht.

Plötzlich fühle ich mich ein bisschen unwohl. Es ist eine Sache, nur auf einem Boot zu sein, das ihm gehört, aber es ist etwas ganz anderes, in seinem Zuhause zu sein. Ich bin nicht verängstigt oder so etwas. Nur … unsicher.

„Oh mein Gott, wo sind meine Manieren?",
sagt Tyler und verschwindet um die Ecke. Er
kommt mit zwei dicken Badetüchern sowie einem
Bademantel wieder zurück. „Da drüben ist ein
Badezimmer, falls du deine nassen Sachen
ausziehen willst."

Ich nicke und versuche zu entscheiden, was
ich tun soll.

Ich will mich nicht wirklich umziehen, aber
gleichzeitig bin ich tropfnass und spüre, wie mir
von Minute zu Minute kälter und kälter wird.

„Ich werde mich auch umziehen", sagt er und
deutet auf das andere Ende des Bootes.

Als er die Tür schließt, drehe ich mich um
und gehe ein paar Schritte auf die andere Kabine
zu. Das Segelboot verfügt über ein
elfenbeinfarbenes Interieur, und das gesamte
Farbschema des Schiffes besteht aus Weißtönen.
In der Kajüte finde ich hellblaue Wurfkissen mit
einem maritimen Design, die dem Raum ein
wenig mehr Leben einhauchen.

Ich betrachte mich im Spiegel und wische die
verlaufende Wimperntusche weg. Als ich mich
heute Morgen fertig gemacht habe, habe ich
meine Haare gestylt und mein Make-up
gemacht. Ich dachte, ich würde meine Rüstung

anbehalten dürfen, wenn ich ihn treffe. Leider war das nicht der Fall. Meine Haare sind schlaff und kleben an meinem Kopf. Meine Grundierung ist längst weg und mein Eyeliner ist verschmiert.

Ich habe mein Make-up nicht mitgenommen, also habe ich nichts, womit ich es auffrischen könnte. Na ja.

Das ist nicht ideal, aber es ist alles, was ich habe. Ich ziehe meine Jacke aus und schäle mich aus meinem Pullover. Die Skinny-Jeans erweist sich als ziemlich schwierig. Als ich sie das erste Mal anzog, war sie eng, jetzt ist sie praktisch angeklebt. Ich muss sie regelrecht abziehen, um mich von ihr zu befreien.

Ich ziehe den dicken Bademantel mit dem Logo der Elliott Marina and Hotel auf der Vorderseite an und betrachte mich ein letztes Mal im Spiegel. Ich wickle das Handtuch um mein Haar, um zu versuchen, etwas von dem Wasser aufzusaugen, und fahre dann mit den Fingern durch das Haar, um ihm etwas mehr Volumen zu geben.

Als ich zurück in die Hauptkabine komme, sehe ich Tyler in der Küche stehen und uns etwas zu trinken machen.

„Hast du Tee?", frage ich. „Ich könnte wirklich etwas Warmes gebrauchen."

„Natürlich", sagt er. „Bitte setz dich."

Er deutet auf die Couch.

Ein paar Minuten später brodelt der Teekessel, und er lässt einen Teebeutel in meine Tasse fallen. Er setzt sich auf die andere Seite der Couch, dreht seinen Körper zu mir und trinkt ein Glas Bourbon.

Ich nehme einen Schluck von dem Tee und sehe ihn genau an. Es ist erstaunlich, wie anders er aussieht. Sein Haar ist dunkler und anders geschnitten. Manche würden vielleicht denken, dass das nicht so viel ausmacht, aber irgendwie lässt es ihn wie einen anderen Menschen aussehen.

Er ist jetzt auch breiter. Er sieht aus, als hätte er etwas zugenommen, vielleicht sogar bis zu zwanzig Pfund, alles Muskeln.

Vorher war er immer stark und schlank, fast drahtig, aber jetzt treten seine Muskeln durch seinen V-Ausschnitt hervor. Er sieht jetzt aus wie ein Fremder, auch wenn es erst ein Jahr her ist.

„Es ist schön, dich zu sehen", sagt Tyler.

„Es ist auch schön, dich zu sehen", stimme ich zu.

„Warum … Wie bist du hierhergekommen?"

„Ich habe einen Artikel über dich und diesen Yachthafen in einer Zeitschrift gesehen. Da war ein Bild, nur das Profil, das meiste war eigentlich von hinten, aber es sah aus wie du. Ich dachte, dass du es vielleicht sein könntest."

„Also hast du einfach so beschlossen, hierherzukommen?"

„Ich hatte einige persönliche Probleme", sage ich. „Ich hatte darüber nachgedacht, hierherzukommen, um herauszufinden, ob Oliver Beckett tatsächlich der Typ ist, den ich mal kannte, und als mir mein Leben irgendwie um die Ohren geflogen ist, habe ich beschlossen, es einfach zu tun."

Er nickt und blickt zu Boden.

„Ich bin aber ziemlich überrascht", sage ich.

„Was meinst du?"

„Ich bin nur überrascht, dass du etwas so Bekanntes gekauft hast. Sie suchen immer noch nach dir und Mac."

„Der letzte Ort, an dem sie erwarten würden, mich zu finden, ist hier", sagt er.

„Versteh mich nicht falsch, du siehst ganz anders aus. Du wärst schwer zu erkennen."

„Das hier ist ein öffentlicher Ort, ja. Es war

ein Fehler, diesen Artikel zu machen, aber ich hoffe, dass wir das unter uns behalten können."

Sein Tonfall überrascht mich. Es liegt eine gewisse Ernsthaftigkeit darin. Es ist schwer zu beschreiben.

Er bittet mich um einen Gefallen, aber es ist fast so, als ob es auch eine Drohung wäre.

„Ich würde es nie jemandem erzählen", sage ich. „Du hast mein Wort."

„Hoffen wir, dass das stimmt", sagt er.

Ich weiß, worauf er hinauswill. Es ist der Elefant im Zimmer. Er hat es nicht angesprochen und ich auch nicht, aber ich weiß nicht, wie lange wir es noch vermeiden können, darüber zu reden.

„Es tut mir leid", sage ich und merke, dass ich so vage wie möglich bin und das nicht reicht.

Er antwortet nicht, sondern starrt mich nur mit seinem eisigen Blick an.

„Ich habe das Geld nicht mit Absicht genommen. Ich meine, natürlich habe ich es genommen, aber ich wollte es zurückgeben. Sie hatten meine Mutter entführt und sie als Geisel festgehalten. Ich musste das Geld zur Übergabe mitbringen."

„Warum hast du mir nichts davon erzählt? Warum hast du mich einfach dort gelassen?

Warum bist du einfach abgehauen und hast mich glauben lassen, dass du zur Polizei gegangen bist?"

„Ich war mir nicht sicher, ob du mir das Geld geben würdest. Sie waren direkt da. Ich schuldete ihnen das Geld, oder besser gesagt, meine Mutter. Sie wollten ihr wehtun. Ich hatte Angst, dich zu fragen, weil ich dachte, du würdest nein sagen."

„Es war mein Geld", sagt er. „Es war das einzige Geld, das ich auf der Welt hatte. Du hast mich wirklich über den Tisch gezogen."

„Es scheint ja ganz gut gelaufen zu sein", sage ich.

„Nicht dank dir."

„Es tut mir wirklich leid", sage ich, rutsche auf der Couch hinüber und greife nach seiner Hand. „Ich war ein Arschloch. Ich hätte dich nicht so hintergehen dürfen. Ich hätte dich überhaupt nicht hintergehen dürfen. Du verdienst jemand Besseren. Jemanden, der immer für dich da sein wird."

„Das weiß ich", sagt er, aber unsere Augen treffen sich, und ich merke, dass da noch etwas zwischen uns ist.

„Ich weiß, dass das keine Entschuldigung ist, aber ich war dabei, meine Mutter zu verlieren.

Das Geld war da. Ich dachte, dass ich sie bekommen und gleichzeitig das Geld behalten könnte. Es war so dumm. Ich war so dumm."

„Was ist passiert?", fragt er. „Hast du wenigstens deine Mutter gerettet?"

„Ja, das habe ich. Ich habe ihre Schulden abbezahlt und wir waren frei davon. Sie kam mit mir nach Hause, zurück nach Pittsburgh. Für eine lange Zeit war alles gut."

„War?", fragt er. Ich hatte gehofft, dass er das nicht aufschnappen würde, aber ihm entgeht nur wenig.

„Das war einer der Gründe, die mich veranlasst haben, hierherzukommen. Eine Zeit lang ging es ihr wirklich gut. Sie bekam einen Job und half mir, meine Hypothek zu bezahlen. Sie fing an, sich mit jemandem zu treffen, von dem ich dachte, dass es der erste nette Kerl war, mit dem sie in ihrem ganzen Leben zusammen gewesen war. Dann habe ich sie dabei erwischt, wie sie zusammen high waren. Nicht nur Gras, Meth. Pillen. Die Person, die ich zu lieben begann, war wieder weg. Sie hat die Asche meines Hundes gestohlen. Sie hat Dinge getan, um mich zu verletzen. Ich bin fertig mit ihr."

Tyler nickt und rückt seine Brille zurecht. Sie

lässt ihn eleganter aussehen und ist ein großer Teil seines neuen Looks.

Er muss sie nicht drinnen tragen, wenn wir nur zu zweit sind, aber ich habe das Gefühl, dass es ihm erlaubt, einen Abstand zwischen uns zu halten.

Etwas, das er wahrscheinlich immer noch braucht.

„Ich erzähle dir das alles nicht, damit du Mitleid mit mir hast", sage ich.

„Dann ist ja gut", sagt er kalt. „Das tue ich nämlich nicht."

„Ich versuche nur zu erklären, warum ich es getan habe."

„Was genau hast du mit all dem erreicht, Isabelle? Deine Mutter war süchtig und sie hat nichts getan, um dir zu zeigen, dass sie es nicht mehr ist. Du hast ihr das Leben gerettet, so wie du es schon hundertmal zuvor getan hast, und was genau hat dir das gebracht? Was hast du dadurch verloren?"

„Ich weiß, dass ich im Unrecht war", sage ich streng, „aber du hast kein Recht, mich zu belehren."

„Doch, das habe ich", sagt er. „Du hast alles ruiniert."

„Dafür habe ich mich schon entschuldigt, aber ich werde mich immer wieder entschuldigen, so lange du das willst."

„Ich will nicht, dass du sagst, dass es dir leidtut. Ich möchte, dass es nie passiert ist, aber man kann die Zeit nicht zurückdrehen."

„Hör zu", sage ich und werde unruhig. „Ich weiß, dass es ein Fehler war. Ein schrecklicher Fehler."

„Nicht gerade unvorhersehbar. Das Einzige, als das sich deine Mutter erwiesen hat, ist eine Lügnerin und eine Süchtige. Trotzdem verzeihst du ihr noch. Du bist immer noch dabei."

„Was zum Teufel soll ich tun?", frage ich und stehe auf. „Ich weiß all das Zeug über sie und noch mehr, aber sie ist immer noch meine Mutter. Sie ist die einzige verdammte Familie, die ich habe."

„Heißt das, dass du sie in Zukunft wieder unterstützen wirst?"

„Nein, ich bin fertig mit ihr", sage ich leise.

Er schüttelt den Kopf, als wolle er mir nicht glauben.

Plötzlich werde ich wütend.

Ich weiß nicht, was zum Teufel ich hier mache. Ich bin hergekommen, um mit Tyler zu reden, aber er ist nicht hier. Er ist ein Fremder und mir wird klar, dass das ein schrecklicher Fehler war.

Das einzige Problem ist, dass meine nassen Klamotten im Badezimmer hängen und ich nichts außer diesem Bademantel habe. Mein Hotel ist einen langen Fußmarsch entfernt, der noch länger wird durch die Tatsache, dass ich nichts anderes als das hier tragen müsste, um dorthin zu gelangen.

Trotzdem, ich kann nicht bleiben.

„Wo willst du hin?", fragt Tyler und taucht hinter mir auf.

„Ich kann nicht hierbleiben." Ich dränge mich an ihm vorbei und schnappe mir die nassen Klamotten aus dem Bad.

„Es tut mir leid, dass ich das gesagt habe", sagt er und versperrt mir den Ausgang.

„Nein, tut es dir nicht. Du hast recht, aber das spielt keine Rolle."

„Bitte bleib", sagt er leise.

„Warum? Was hätte das für einen Sinn?"

„Wir müssen reden", erklärt er und blockiert mit seinem Körper immer noch die Tür.

Sein Haar fällt ihm leicht ins Gesicht und er

nimmt seine Brille ab. Plötzlich sehe ich den
Mann, in den ich mich verliebt habe.

Plötzlich sehe ich den Jungen, der einmal
mein bester Freund war.

„Es ist alles zu viel. Ich kann nicht bleiben."

Ich versuche, mich an ihm vorbeizuschieben.

Er sieht noch hinreißender und schöner aus,
als in meiner Erinnerung. Das Grüblerische und
die Dunkelheit, die ich in seinen Augen sehe,
lassen mich ihn noch mehr begehren.

„Das hat keinen Zweck", sage ich und sehe
ihm direkt in die Augen. „Es war ein Fehler,
hierher zu kommen."

„Nein, war es nicht", widerspricht er und tritt
einen Schritt näher an mich heran.

„Du glaubst mir nicht", sage ich leise. „Du
wirst mir nie glauben."

„Da irrst du dich", antwortet er, berührt mein
Kinn und fährt mit den Fingern meinen Hals
hinunter. „Ich glaube dir. Ich weiß, dass du einen
Fehler gemacht hast. Ich bin nur wütend auf
dich."

Unsere Augen halten einander für einen
Moment fest, und als ich den Blick abwende,
schaue ich auf seine Lippen. Er fährt sich mit der

Zunge über die Unterlippe und mein Körper beginnt zu zittern.

Plötzlich verliere ich jegliches Gefühl in meinen Fingerspitzen. Meine Zehen folgen schnell.

„Ich muss gehen", sage ich leise, aber bestimmt.

Ich gehe einen Schritt an ihm vorbei, aber er streckt seinen Arm aus und schlingt ihn um meine Taille. Er zieht mich näher an sich heran und zwingt unsere Augen dazu, sich wieder zu treffen.

Mein Atem beschleunigt sich, um mit meinem Herzschlag mitzuhalten, und mein Mund öffnet sich leicht. Er schaut nach unten und dann nach oben zu mir, als würde er mich um Erlaubnis bitten.

Ich neige mein Kinn leicht nach oben und unsere Münder treffen aufeinander.

Seine Hände wandern auf meinem Rücken auf und ab und ich vergrabe meine Hand in seinem Haar. Mein Körper sehnt sich nach seinem. Ich spüre die Härte seines Schwanzes durch seine Hose und schlinge meine Arme um seinen dicken, muskulösen Körper.

Mit einer schnellen Bewegung fällt mein Bademantel auf. Ich bin völlig nackt und er leckt sich über die Lippen, bevor er mich auf das Bett schiebt.

Er spreizt meine Beine, taucht ein und küsst mich tief in meinem Inneren. Zuerst bin ich überrumpelt, aber es ist so lange her, dass er mich berührt hat, dass ich einfach loslasse und die Welle reite.

Er zieht sich für ein paar Augenblicke zurück, greift mit einer Hand nach oben und findet meine Brust. Seine andere Hand bahnt sich ihren Weg in mein Inneres, spreizt mich und dringt tief ein, genau so, wie er weiß, dass ich es mag.

Es ist schon so lange her, dass wir zusammen waren, dass ich nicht lange durchhalte. Bevor ich ihn auch nur warnen kann, durchströmt mich ein warmes Gefühl, das mich verzehrt und eine Reihe von kleinen Beben auslöst.

Als meine Beine taub werden und mein ganzer Körper zu zittern beginnt, schiebt er sich in mich hinein und alles auf der Welt macht plötzlich Sinn.

Das ist die Art und Weise, wie wir für einander bestimmt sind. Das ist die Art und Weise, wie wir einen Sinn ergeben. Er stößt tiefer und tiefer in mich hinein, spreizt mich weiter und weiter.

Wir bewegen uns synchron, als würden wir dem gleichen Takt folgen. Unsere Münder finden zueinander, aber unsere Lippen verlieren bald die Kontrolle. Unsere Küsse sind wild und schlampig, landen mal auf der Wange, mal auf dem Kinn. Aber das macht nichts.

Wenn er in mich eindringt, verschlinge ich ihn. Wenig später dreht er mich auf den Bauch und die Stöße werden schneller und schneller. Ich greife nach unten und fange an, mich zu berühren.

Er küsst meinen Hals und dringt tiefer und tiefer ein. Plötzlich fängt das vertraute Gefühl der Lust an, sich irgendwo in meinem Inneren zu sammeln. Ich hebe meinen Hintern in die Höhe und spreize meine Beine weiter.

Tyler gleitet immer schneller in mich hinein und wieder heraus. Gerade als er zu stöhnen beginnt, lasse ich los und ein überwältigendes Gefühl der Befreiung durchströmt meinen Körper.

„Ich liebe dich", flüstert er in mein Ohr und bricht auf mir zusammen.

„Ich liebe dich auch", murmle ich in das Kissen.

21

ISABELLE

Nachdem wir uns geliebt haben und der Regen draußen immer noch donnert, liege ich in Tylers Armen und schlafe ein. Ich habe seit Monaten nicht mehr gut geschlafen. An diesem Nachmittag gleiten die Stunden nur so dahin.

Ich fühle mich wohl und vollkommen friedlich. Sicher. So habe ich mich schon lange nicht mehr gefühlt. Ich habe keine Träume, jedenfalls nichts, woran ich mich erinnere.

Eine tiefe Ruhe legt sich über mich. Sie verzehrt mich. Es ist, als würde sich eine warme, schwere Decke um mich legen und ich weiß, dass es mir gut geht, solange ich hier bin. Es ist Abend, als ich endlich aufwache und ihn für ein paar Momente neben mir schlafen sehe.

Er sieht immer noch anders aus als vorher, aber er ist jetzt vertrauter. Seine Brille liegt neben ihm auf dem Tisch. Seine Augen sind die gleichen, in die ich mich verliebt habe. Seine römische Nase verleiht ihm ein vornehmes Profil, das durch seine kräftige Kieferpartie betont wird.

Er bewegt sich ein wenig und rührt sich leicht. Ich halte den Atem an, weil ich ihn nicht wecken will. Seine Augen öffnen sich langsam, und sofort breitet sich ein breites Lächeln auf seinen Lippen aus, als er mich sieht.

„Ich kann nicht glauben, dass wir so lange geschlafen haben", sagt er und schaut auf die Uhrzeit auf seinem Handy, macht aber keine Anstalten, aufzustehen.

„Musst du noch irgendwo hin?"

„Theoretisch schon. Die Arbeit ist immer da, aber jetzt ist alles ein bisschen in der Schwebe."

Ich greife hinüber und betaste sein Gesicht, um mich zu vergewissern, dass er echt ist. Als ich zu seinen Lippen komme, küsst er meine Fingerspitzen.

„Ich kann nicht glauben, dass du es bist", sage

ich und schüttele den Kopf. „Ich kann nicht glauben, dass ich recht hatte."

„Ich bin froh, dass du mich gefunden hast", sagt er. „Auch wenn es beweist, dass es vielleicht eine schreckliche Idee war, dieses Ding zu kaufen."

„Was meinst du?"

„Mir wurde es zu langweilig, nur Geld zu verdienen, und ich wollte etwas besitzen, wo ich arbeiten und mich wirklich engagieren kann. Ich wollte etwas tun, wo ich etwas bewirken kann. Ich habe Boote immer gemocht. Dann tauchte dieser Hafen auf und ich dachte, warum nicht?"

„Und jetzt?"

„Nun, du hast mich gefunden", sagt er und zwinkert mir zu.

„Ich kann dir das Bild zeigen. Ich hatte nicht viele Anhaltspunkte. Es war nur eine Laune, die mich hierhergebracht hat. Als ich einmal hier war, war es reines Glück, dass du mich gefunden hast."

„Vielleicht", sagt er und nickt. „Der Verkauf ist allerdings nicht gerade in Stein gemeißelt."

„Wie meinst du das?"

„Der Mann, von dem ich den Yachthafen gekauft habe, Mr. Elliott, wollte alles zusammen behalten. Den Yachthafen, das Hotel und die

Restaurants. Seine drei Söhne hatten andere Pläne. Sie haben recht. Die einzelnen Teile sind mehr wert als das Ganze, aber als ich es ihm abgekauft habe, habe ich ihm versprochen, dass ich es zusammenhalten werde."

„Wenn du es von ihm gekauft hast, wo ist dann das Problem? Ist der Deal noch nicht abgeschlossen?"

„Ich dachte schon, aber sie haben eine Klage eingereicht. Sie haben es geschafft, ihren Vater für unzurechnungsfähig zu erklären, indem sie sagten, dass er nicht mehr die volle Kontrolle über seinen Verstand hat und man ihm deshalb nicht zutrauen kann, geschäftliche Entscheidungen zu treffen. Jetzt wird es eine Anhörung geben, bei der ein Richter entscheiden wird, ob der Verkauf des Geschäftes rückgängig gemacht wird."

Tyler liegt auf dem Rücken und starrt an die Decke. Er verschränkt die Arme unter dem Kopf und schaut irgendwo in die Ferne, vorbei an dem Licht über unseren Köpfen.

„Das tut mir wirklich leid", sage ich. „Ich wünschte, es gäbe etwas, was ich tun könnte."

„Ich dachte, die Vereinbarung wäre unumstößlich, aber jetzt sieht es so aus, als wäre das nicht der Fall."

„Was glaubst du, was passieren wird?"

„Ich bin mir nicht sicher. Ich habe einen guten Anwalt, und ich denke, er wird sein Bestes tun, aber wir müssen einfach abwarten."

„Weißt du, ich bin eigentlich etwas überrascht, dass du diesen Hafen besitzt. Das ist nicht gerade etwas, was ein entflohener Sträfling, der seine Identität schützen will, tun sollte. Ich dachte, du würdest dich irgendwo verstecken … und malen."

„Ich schätze, das ist etwas ungewöhnlich, aber ich dachte mir, dass es am effektivsten ist, sich in der Öffentlichkeit zu verstecken. Man würde erwarten, einen entflohenen Sträfling in irgendeiner staubigen Stadt zu finden, wo er unter einer falschen Identität lebt, aber man würde nicht erwarten, dass er auf einer Millionen-Dollar-Yacht lebt und einen Multimillionen-Dollar-Hotelkomplex betreibt. Außerdem, wer hat gesagt, dass ich nicht gemalt habe?" Tyler wendet sich mir mit einem leicht schiefen Lächeln zu.

„Hast du das denn?"

Er nickt und steht auf. Er geht zu dem großen Kleiderschrank gegenüber von uns und öffnet die Flügeltüren. Statt Kleidung sind dort Leinwände.

Er zieht eine nach der anderen heraus, und mir bleibt der Mund offenstehen.

Sie sind alle von mir.

Einige sind in einem realistischen Stil gemalt, und ich sehe aus, als hätte man mich nach Fotos gezeichnet.

Andere sind eher abstrakt. Andere sind impressionistisch und eines ist sogar im pointillistischen Stil gemalt.

„Sie sind alle … ich", sage ich langsam.

„Ja, das sind sie", bestätigt er und nickt.

Ich weiß nicht, was ich sagen soll. Ich schaue mir einfach jedes einzelne Bild genau an, mit leicht geöffnetem Mund vor Schreck.

„Ich kann nicht aufhören, an dich zu denken. Du hast mich verletzt und ich dachte, du hättest mich verraten. Vielleicht hast du das auch. Ich wusste immer, dass etwas passiert sein musste. Trotzdem konnte ich nicht aufhören, an dich zu denken. Du bist das Einzige, das ich zeichnen wollte. Es ist fast so, als wollte ich dich zurück in mein Leben holen."

„Vielleicht hast du das", sage ich, greife hinüber und nehme seine Hand in meine. „Die sind alle so schön."

Da ist noch etwas, das ich ihm sagen muss. Es

gibt immer noch eine Wiedergutmachung, die ich leisten muss.

„Ich weiß, dass ich vorhin einige Dinge erklärt habe, aber ich bin mir nicht sicher, ob ich mich ganz klar ausgedrückt habe. Ich bin zurückgekommen. Nachdem ich meine Mom geholt hatte, bin ich zu dir zurückgekommen und habe gesehen, dass du weg warst. Da wusste ich nicht, was ich tun sollte. Du hättest nicht wissen sollen, dass ich gegangen war. Ich will mich nicht herausreden, ich wollte dich nicht anlügen, dass ich das Geld nicht habe. Ich wollte es dir erst hinterher sagen."

Tylers Kiefer krampft sich zusammen.

„Ich weiß, dass ich etwas Schreckliches getan habe, und keine noch so gute Erklärung kann es ungeschehen machen. Das Einzige, was ich tun kann, ist, es zuzugeben."

„Du hast mich belogen", sagt Tyler.

„Ja, das habe ich", gebe ich zu.

„Weißt du, wie es für mich war, zu sehen, dass du mein ganzes Geld gestohlen hast und einfach verschwunden bist? Weißt du, wie es für mich war, auf die Flucht zu gehen und zu versuchen, den Cops zu entkommen, weil ich mir sicher war, dass du mit ihnen zusammengearbeitet hast?"

„Das habe ich aber nicht."

„Das weiß ich jetzt, aber selbst als ich dich auf dieser Bank sah, war ich mir nicht so sicher."

„Du hast mich aber auf dein Boot eingeladen", sage ich.

„Ich weiß. Ich bin ein Idiot. Ich bin wahrscheinlich dazu verdammt, erwischt zu werden."

Ich bin mir nicht sicher, was ich sagen soll. Alles ist mit einem Mal so kompliziert geworden. Ich wollte nur hierherkommen und sehen, ob Oliver Beckett tatsächlich mein Tyler ist. Über den Rest habe ich mir überhaupt keine Gedanken gemacht.

Ich ziehe das Laken fester um meinen Körper und setze mich wieder auf das Bett. Ich zupfe an meinen Nägeln und knacke mit den Fingerknöcheln.

„Ich bin mir nicht sicher, wie es weitergehen soll", sage ich. „Ich bin mir nicht sicher, was ich noch sagen soll."

„Ich möchte nur, dass du weißt, in was für eine schreckliche Lage du mich gebracht hast. Zuerst war ich darüber entsetzt, dass dir etwas zugestoßen sein könnte. Dann wurde mir klar, dass du mich hintergangen hast. Dann wurde mir klar, dass du mein Geld gestohlen und mich mit nichts zurückgelassen hast. Ich wusste, dass die Bullen hinter mir her waren. Die Bullen und das FBI. Ich versteckte mich überall und blieb tagelang in Deckung. Ich war mir sicher, dass sie mir auf der Spur waren, und dann waren sie es doch nicht."

„Das ist eine gute Sache", sage ich.

„Natürlich ist es das, aber ich glaube, du verstehst nicht, was ich durchgemacht habe. Ich wollte dir einen Antrag machen. Ich wollte dich heiraten. Alles war so perfekt und ich wollte mein Leben mit dir verbringen. Und dann warst du weg. Einfach so." Ich sehe, wie seine Augen tränen und ich hasse es, dass ich ihm so viel Schmerz zugefügt habe.

„Ich habe es dir nicht gesagt, weil ich zurückkommen wollte. Ich dachte, du würdest mir das Geld nicht überlassen, und sie waren genau dort. Sie verfolgten uns und ich wollte meine Mutter retten", sage ich achselzuckend. „Das ist keine gute Ausrede, im Gegenteil, es ist eine schreckliche. Ich hätte dir vertrauen sollen, aber ich hatte Angst, dass du nein sagen würdest und ich die Chance verlieren würde, sie zu retten."

„Bedauerst du es?", fragt er.

Ich denke eine Sekunde darüber nach und schüttle dann den Kopf.

„Ich kann nicht sagen, dass ich das tue. Ich habe ihr das Leben gerettet. Ich weiß, dass sie sich wieder in einer Abwärtsspirale befindet, aber sie wäre wahrscheinlich tot, wenn ich das nicht getan hätte. Es tut mir leid, dass ich es dir nicht gesagt habe. Es tut mir leid, dass ich dir nicht trauen konnte. Du musst wissen, dass ich die Absicht hatte, zurückzukommen, und das bin ich auch. Meine Mutter und ich sind es beide. Da sah ich, dass du nicht da warst und dass du gesehen hattest, dass ich das Geld genommen hatte. Ich habe dich gesucht, aber ich konnte dich nirgends finden."

Er nickt und sieht niedergeschlagen aus.

Wir drehen uns im Kreis und keiner von uns sagt etwas Neues. Ich verstehe, wie er sich gefühlt hat, und ich kann den Schmerz in seinen Augen sehen. Ich hoffe nur, dass er sich in meine Lage versetzen kann.

„Es tut mir wirklich leid", wiederhole ich mich ein letztes Mal.

Er nickt mir leicht zu.

Ich greife nach seiner Hand und erwarte, dass er sich von mir zurückzieht, aber er tut es nicht.

Stattdessen drückt er sie und verschränkt seine
Finger mit meinen.

„Ich weiß nicht, wie es weitergehen soll –",
beginne ich zu sagen, als seine Lippen auf meinen
Mund treffen.

Seine Zunge bahnt sich ihren Weg ins Innere
und seine Hände vergraben sich in meinem Haar.
Er zieht das Laken herunter und presst seinen
nackten Körper an meinen.

Ich atme tief ein, zittere ein wenig und
verliere mich im Beginn der sich langsam
aufbauenden Lust, die in meinem Inneren
aufkommt.

Er greift nach unten und berührt sanft meine
Brust, drückt meine Brustwarze fest zwischen
seinen Fingern zusammen. Er zieht seinen Mund
von meinen Lippen weg, küsst meinen Hals und
bahnt sich seinen Weg hinunter zu meinen
Brüsten, wobei er sich zwischen den Brüsten
abwechselt und sicherstellt, dass keine
vernachlässigt wird.

Ich lege meine Hände hinter meinen Rücken,
um mich abzustützen, während er sich an mich
schmiegt.

Er zieht das Laken komplett von mir herunter
und entblößt mich völlig. Ich versuche, meine

Beine zu schließen, aber er schiebt sie zur Seite und lächelt. Seine Finger bahnen sich ihren Weg in mich. Ich bin schon feucht und bereit für ihn.

„Du schmeckst himmlisch", murmelt er und leckt mich überall und tief in mir.

Ich versuche, nach unten zu greifen, um ihn auf mich zu ziehen, aber stattdessen stößt er mich zurück. Ich liege flach auf dem Rücken, er schiebt meine Beine über seinen Kopf und bahnt sich seinen Weg in jeden Teil von mir.

Als ich spüre, dass ich kurz vor meinem Orgasmus bin, zieht er sich zurück und wackelt mit dem Finger von einer Seite zur anderen.

„Noch nicht", sagt er und spielt mit mir.

Ich beobachte, wie sich meine Brüste mit jedem Atemzug auf und ab bewegen. Als mein Herz anfängt, wie wild in meiner Brust zu schlagen, zieht er mich auf die Beine und schaut mich von oben bis unten an.

„Das nächste Mal werde ich dich so malen."

Kalter Schweiß läuft mir den Rücken hinunter.

„Wovon sprichst du?", frage ich.

„Voller Lust auf mich. Voller Sexualität. Angetörnt. Das ist es, was ich einfangen will."

„Nein", sage ich und schüttle den Kopf,

gerade als sich ein breites Lächeln auf meinem Gesicht ausbreitet.

„Doch." Er nickt und lächelt ebenfalls.

Unsere Lippen treffen sich wieder, und gerade als seine Zunge über meine Unterlippe streicht, flüstert er: „Steig auf mich."

„Ich dachte, du würdest nie fragen."

Er legt sich zurück aufs Bett. Gerade als ich auf ihn klettern will, hält er mich auf.

„Mit dem Gesicht von mir weg", fordert er, und ich werde noch erregter.

„Ich will sehen, wie du mit mir Liebe machst."

Direkt gegenüber vom Bett an der Schranktür ist ein großer Spiegel. Ich setze mich auf ihn und beobachte mich, während er in mich eindringt.

Er fühlt sich auf diese Weise tiefer und dicker an, und ich kann mich kaum ganz nach unten gleiten lassen.

Ich lehne mich zurück und stütze mich auf seinen harten Bauchmuskeln ab.

Zuerst bewege ich mich langsam auf und ab, aber dann, als er immer tiefer eindringt, beginne ich schneller zu werden.

Die Frau im Spiegel ist kraftvoll und hat die Kontrolle über ihre Lust. Sie nimmt sich, was sie braucht, und ich mag es, diesen Teil von mir zu sehen.

Nach einer Weile werden meine Beine müde und ich kann mich nicht mehr so viel bewegen. Tyler spürt, wie mein Körper schlapp wird und beginnt, den größten Teil des Stoßes selbst zu übernehmen.

Ich lasse mich gehen und lege mich auf ihn. Er greift nach meinen Brüsten und beginnt sie zu massieren, drückt meine Brustwarzen fest zwischen seinen Fingern zusammen.

Während er eine Hand auf meiner Brust lässt, fährt er mit der anderen meine Seite und meinen Oberschenkel hinunter. Als er meinen Kitzler findet und mit ihm zu spielen beginnt, schlägt mir das Herz aus der Brust.

„Ich komme gleich", wimmere ich.

„Ich weiß", flüstert Tyler und beschleunigt seine Stöße.

Wenige Augenblicke später springt ein kleiner Funke über und breitet sich von meinem Innersten bis in meine Extremitäten aus. Wellen beginnen, durch mich zu jagen, und ich lasse mich völlig fallen und genieße die Lawine der Lust.

„Wer zum Teufel ist das?", fragt eine weibliche

Stimme irgendwo in der Ferne. Es dauert einen Moment, bis ich erkenne, dass sie mit uns im Raum ist.

Ich schaue nach vorne, aber in meinen Augen sehe ich immer noch Sterne. Ich brauche eine Sekunde, um mich zu konzentrieren und stoße mich dann von Tyler ab, um nach dem Laken zu greifen.

„Was zum Teufel ist hier los, Oliver?!", schreit sie aus vollem Halse.

Mein Kopf beginnt zu schwirren. Ich fühle mich, als würde ich auf einem Pendel sitzen. Eben noch hatte ich den intensivsten Orgasmus meines Lebens, und jetzt schreit mich jemand an und überschüttet mich mit Schimpfwörtern.

„Was machst du hier, Rachel?", fragt Tyler und spricht leise, wahrscheinlich um sie zu beruhigen.

„Ist das eine Art Scherz?", will Rachel wissen. „Du hast das mit mir und Michael herausgefunden, also schläfst du mit irgendeiner Schlampe, um dich zu rächen?"

„Mit uns ist es aus", sagt Tyler. „Das habe ich ganz klar gesagt. Ich kann schlafen, mit wem ich will."

„Fick dich!", schreit sie und zeigt mit dem Finger in sein Gesicht.

Ich will, dass sich der Boden öffnet und mich verschluckt. Ich will hier rausrennen, aber es ist ein kleines Zimmer. Das Bett nimmt den größten Teil des Raumes ein, und Rachel blockiert den einzigen Ausgang.

„Was zum Teufel siehst du überhaupt in ihr?", fragt Rachel. „Stehst du jetzt auf fette Mädchen?"

Ihre Worte schneiden mich wie ein Messer und ich spüre, wie sich heiße Tränen hinten in meinen Augen bilden.

Nicht weinen. Nicht weinen, sage ich mir im Stillen.

Ich kann sie nicht aufhalten. Stattdessen wende ich mich ab, greife nach dem Bademantel auf dem Boden und wickle das Laken fester um mich.

Als ich an ihr vorbeigehe, greift sie nach mir und tritt mir in den Rücken. Ich falle zu Boden und zucke vor Schmerz zusammen. Ihr Fuß landet genau auf meinen Nieren und der Schmerz ist unerträglich.

„Was machst du da?!", brüllt Tyler und reißt sie von mir runter.

„Du hattest kein Recht, das zu tun", ruft

Rachel und schluchzt unter Tränen. „Du bist so ein Arschloch."

„Ich habe nichts falsch gemacht und das weißt du. Nur weil du hier reingeplatzt bist, um mich um Vergebung zu bitten, ist das nicht mein Problem. Du bist diejenige, die mit ihrem Ex-Freund geschlafen hat. Ich war derjenige, der mit dir Schluss gemacht hat."

„Oliver, bitte. Ich war nicht bei klarem Verstand", fängt sie an zu betteln. „Ich habe es dir schon gesagt. Du brauchst dir keine Sorgen zu machen."

„Ich will dich nie wieder sehen, Rachel", sagt er mit seiner monotonen, distanzierten Stimme.

Als sie erkennt, dass er seine Meinung nicht ändern wird, fällt Rachels Gesichtsausdruck. Sie sieht nicht mehr verzweifelt oder traurig aus, sondern eher wütend und voller Gift.

„Das wirst du noch bereuen, Oliver. Ich werde dich dafür bezahlen lassen."

„Raus hier", sagt Tyler leise.

„Du weißt nicht, was du tust", behauptet sie, wobei ihre Stimme lauter wird und ihr Gesicht noch mehr errötet. „Die Elliott-Brüder werden alles darüber erfahren, wie du ihren kranken alten

Vater dazu gebracht hast, dir das Geschäft zu verkaufen."

Das Blut weicht aus seinem Gesicht, und Tyler wird bleich wie eine Wand.

„Du weißt, dass das nicht wahr ist", sagt er.

„Das ist mir egal. Du hattest kein Recht, das zu tun. Du bist ein verdammter Lügner! Du wirst für alles bezahlen. Ich werde dich ruinieren! Ich werde dich zerstören!"

VIELEN DANK, dass Sie Das Perfekte Leben gelesen haben!

Ich hoffe, dass Ihnen Isabelle und Tyler Geschichte gefällt. Können Sie nicht abwarten, herauszufinden, was als Nächstes passiert?

Lesen Sie Die perfekte Flucht jetzt!

GEBROCHENE HERZEN HEILEN NICHT VOLLSTÄNDIG. **Selbst wenn sie geflickt werden, bleiben Risse und mit der Zeit kann Druck alte Wunden aufreißen.**

Es gab eine Zeit, in der Isabelle und ich unerschütterlich waren. Es gab eine Zeit, in der nur wir beide gegen die Welt kämpften. Ich ignorierte die Risse unter der Oberfläche.

Jetzt ist alles anders.

Sie sind hinter uns her und sie werden nicht aufgeben, egal was passiert. Sie haben mehr Mittel, mehr Leute, mehr Macht.

Und was haben wir?

Früher hatten wir einander, aber jetzt? Ich bin mir nicht mehr sicher, ob wir das überhaupt noch haben.

Was passiert, wenn das neue Leben, das wir aufzubauen versuchten, ein für alle Mal zerbricht?

MELDE DICH FÜR MEINEN NEWSLETTER AN!

M öchtest Du immer zu den Ersten gehören, die von Sonderangeboten, Neuveröffentlichungen und exklusiven Giveaways erfahren?

Melde Dich für meinen **Newsletter** an und werde Mitglied in meinem **Reader Club**!

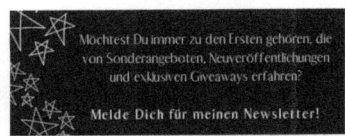

BÜCHER VON CHARLOTTE BYRD

**Alle Bücher sind bei ALLEN wichtigen
Einzelhändlern erhältlich!**

Wenn Du eins nicht finden kannst, schicke mir
eine E-Mail an charlotte@charlotte-byrd.com

Verbotene Begegnung Serie
Verbotene Begegnung
Verbotenen Regeln
Verbotene Verbindung
Verbotener Vertrag
Verbotene Grenzen

Haus von York Trilogie
Haus von York

Krone von York

Thron von York

Gefangen in Eis Serie

Gefangen in Eis

Gefangen in Schmerz

Gefangen in Spitze

Gefangen in Hass

Gefangen in Liebe

Geheimnisse Serie

Geheimnisse und Lügen

Geheimnisse und Wahrheit

Geheimnisse und Hoffnung

Geheimnisse und Angst

Geheimnisse und Hass

Geheimnisse und Liebe

Gefährliche Verlobung Serie

Gefährliche Verlobung

Tödliche Hochzeit

Verhängnisvolle Ehe

Ich stehe nicht auf dich Serie

Ich stehe nicht auf dich

Ich stehe immer noch nicht auf dich

Der perfekte Fremde Serie

Der perfekte Fremde

Das perfekte Alibi

Die perfekte Lüge

Das perfekte Leben

Die perfekte Flucht

Die ganzen Lügen Serie

Die ganzen Lügen

Die ganzen Geheimnisse

Die ganzen Zweifel

Mr. Daltons Stylistin

ÜBER CHARLOTTE BYRD

Charlotte Byrd ist Bestseller-Autorin mehrerer moderner Liebesromane. Sie lebt in Südkalifornien, zusammen mit ihrem Mann, ihrem Sohn und einem verspielten Australian Shepherd. Sie liebt Bücher, warmes Wetter und kristallblaues Wasser.

Kontaktieren Sie sie über:

charlotte@charlotte-byrd.com

Finden Sie Ihre Bücher auf:

www.charlotte-byrd.com

Verbinden Sie sich mit ihr auf:

www.facebook.com/charlottebyrdbooks

Instagram: www. instagram.com/charlottebyrdbooks

Twitter: www.twitter.com/ByrdAuthor

Facebook-Gruppe: Charlotte Byrd's
Reader Club

Möchtest Du immer zu den Ersten gehören, die
von Sonderangeboten, Neuveröffentlichungen
und exklusiven Giveaways erfahren?

Melde Dich für meinen **Newsletter** an und
werde Mitglied in meinem **Reader Club**!

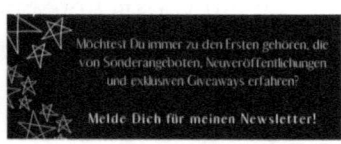